尋訪蘇東坡

三苏文化

寻访苏东坡

王钦刚 著

四川教育出版社

图书在版编目（CIP）数据

寻访苏东坡 / 王钦刚著. — 成都：四川教育出
版社，2024.1
ISBN 978-7-5408-8803-9

Ⅰ. ①寻… Ⅱ. ①王… Ⅲ. ①游记－作品集－
中国－当代 Ⅳ. ①I267.4

中国国家版本馆CIP数据核字（2023）第227658号

寻访苏东坡

XUNFANG SUDONGPO

王钦刚 著

出 品 人	雷　华
策划编辑	卢亚兵　燕啸波
责任编辑	燕啸波　张士龙
内文供图	王钦刚
责任校对	奉学勤
封面设计	庞　毅
版式设计	最近文化
责任印制	田东洋
出版发行	四川教育出版社
地　　址	四川省成都市锦江区三色路238号新华之星A座
邮政编码	610023
网　　址	www.chuanjiaoshe.com
制　　作	最近文化
印　　刷	成都新凯江印刷有限公司
版　　次	2024年1月第1版
印　　次	2024年1月第1次印刷
开　　本	787mm×1092mm　　1/16
印　　张	13
字　　数	230千
书　　号	ISBN 978-7-5408-8803-9
定　　价	88.00元

如发现质量问题，请与本社联系。总编室电话：（028）86365120

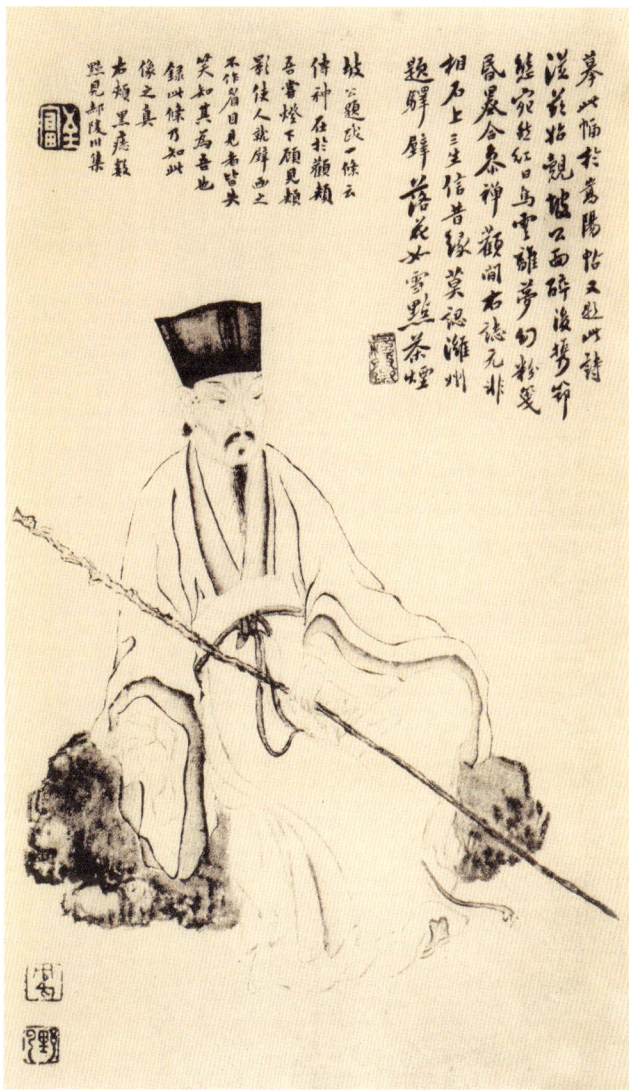

东坡像

苏东坡有着致君尧舜的理想，也向往陶渊明式的世外桃源，更流连诗酒年华的人间。他身上有着道家和佛家出世的思想，也浸润着儒家的道德文章。苏东坡是复杂的、多面的、变化的，他一直活在人间，活在我们的身边。

目 录

引子　　　　　　　　　　　　　　　　001

第一章　夜来幽梦忽还乡

苏氏源流　　　　005

苏子家乡　　　　012

中岩情缘　　　　017

家在岷峨　　　　020

第二章　万人如海一身藏

初来少年　　　　026

王城堪隐　　　　028

柏台霜气　　　　031

西园雅集　　　　035

第三章　人生如逆旅，我亦是行人

淡妆浓抹　　　　043

忘年之交　　　　045

逆旅行人　　　　049

西湖寻踪　　　　052

第四章　但愿人长久，千里共婵娟

寂寞山城　　　　　059

诗酒年华　　　　　062

半潭秋月　　　　　066

第五章　明月明年何处看

黄楼诗赋　　　　　074

天涯倦客　　　　　078

云山苏迹　　　　　081

第六章　一蓑烟雨任平生

名花幽独　　　　　087

躬耕东坡　　　　　089

寒食苦雨　　　　　094

赤壁绝唱　　　　　100

吟啸徐行　　　　　114

作个闲人　　　　　116

第七章　只缘身在此山中

庐山烟雨　　　　　123

从公已迟　　　　　125

变灭随风　　　　　127

文章太守　　　　　131

几时归去　　　　　137

第八章　不辞长作岭南人

不妨熟歇　144

朝云暮雨　147

细和渊明　150

不辞岭南　157

第九章　九死南荒吾不恨

桄榔风雨　162

载酒问字　166

兹游奇绝　169

第十章　此心安处是吾乡

不系之舟　175

溘然长逝　179

身后毁誉　183

结语　186

附录　审刑院本"乌台诗案"（影印版）　187

引　子

你是否曾在水光潋滟的西子湖畔，流连于"淡妆浓抹总相宜"的美景画卷？

你是否曾在水波不兴的赤壁之下，远眺"大江东去"，寻觅着"千古风流人物"的足迹？

你是否曾在明月如霜的超然台上，"把酒问青天"，吟唱着"但愿人长久，千里共婵娟"？

你是否曾在四时如春的罗浮山下，"不辞长作岭南人"，认定"此心安处是吾乡"？

千年之后的你，是否曾在他的诗文里徜徉？

他，是谁？

他是大学士，是父母官，是酒中仙。

他是士大夫，是修道者，是佛教徒。

他是诗词巨擘，是古文大师，是书法大家。

他是月下徘徊者，是为民请命者，是不合时宜者。

他是乐天知命的智者，是悲天悯人的仁人，是黎民百姓的比邻。

他是才华横溢的旷世奇才、千古风流人物——苏东坡。

千百年来，他不曾远去，一直活在我们的身旁。

你是否愿与我一同前往，在清风明月中，穿越到千古风流的旧时光——一起寻访苏东坡的鸿踪诗迹？

第一章　夜来幽梦忽还乡

宋仁宗景祐三年十二月十九日（1037年1月8日），苏轼出生在眉州眉山县纱縠行（今四川眉山东坡区三苏祠所在地）。此年，范仲淹四十八岁，包拯三十八岁，梅尧臣三十五岁，欧阳修三十岁，司马光十八岁，曾巩十八岁，张载十七岁，王安石十六岁，程颢五岁，程颐四岁。

　　眉山，地处宋朝西南边陲，文教昌盛。

　　在这里，有宋一代涌现出"八百进士"，空前绝后；

　　在这里，苏氏父子三人名列"唐宋八大家"，光耀千秋。

　　而今，人们怀着无比的敬仰纷至沓来，在这里流连忘返。

苏氏源流

王国维说："三代以下之诗人，无过于屈子、渊明、子美、子瞻者。此四子者苟无文学之天才，其人格亦自足千古。"其中所提到的子美即杜甫（字子美），子瞻即苏东坡（字子瞻）。

杜甫与苏东坡，一个是盛唐诗圣，一个是北宋诗词文书大家。二人看似毫无瓜葛，但论起其先人却颇有些关系。杜甫的祖父杜审言与苏东坡的先祖苏味道同是初唐著名诗人，杜审言、苏味道、李峤、崔融在当时并称为"文章四友"。

据《新唐书》记载，杜审言恃才傲物，对时任天官侍郎（即吏部侍郎）的苏味道不屑一顾，曾对人说："苏味道必死。"人惊问何故，杜审言说："他见了我的判词，定会羞死。"

苏味道是赵州栾城（今河北石家庄栾城）人，因此苏东坡时常自称为"赵郡苏氏"，其弟苏辙的诗文集《栾城集》的名字也源于此。在今天眉山三苏祠启贤堂里供奉着苏味道的塑像，上方悬挂着司马光题写的匾额"奕世荣昌"，旁边有中国人民大学朱靖华教授所撰的对联"金生丽水三苏怀乡系赵郡，玉出昆冈眉山发迹源栾城"，道出了眉山与栾城的历史渊源。

在武则天当政时，苏味道官至同凤阁鸾台平章事（即宰相），处事模棱两可，有"苏模棱"之称。"火树银花"的成语便源于苏味道的诗作《正月十五日夜》：

火树银花合，星桥铁锁开。
暗尘随马去，明月逐人来。
游伎皆秾李，行歌尽落梅。
金吾不禁夜，玉漏莫相催。

苏味道因阿附武则天的宠臣张易之，中宗时被贬为眉州刺史，卒于眉州，归葬故里栾城。其次子苏份留于眉州，北宋"三苏"（苏洵、苏轼、苏辙）即其后裔。苏东坡的父亲

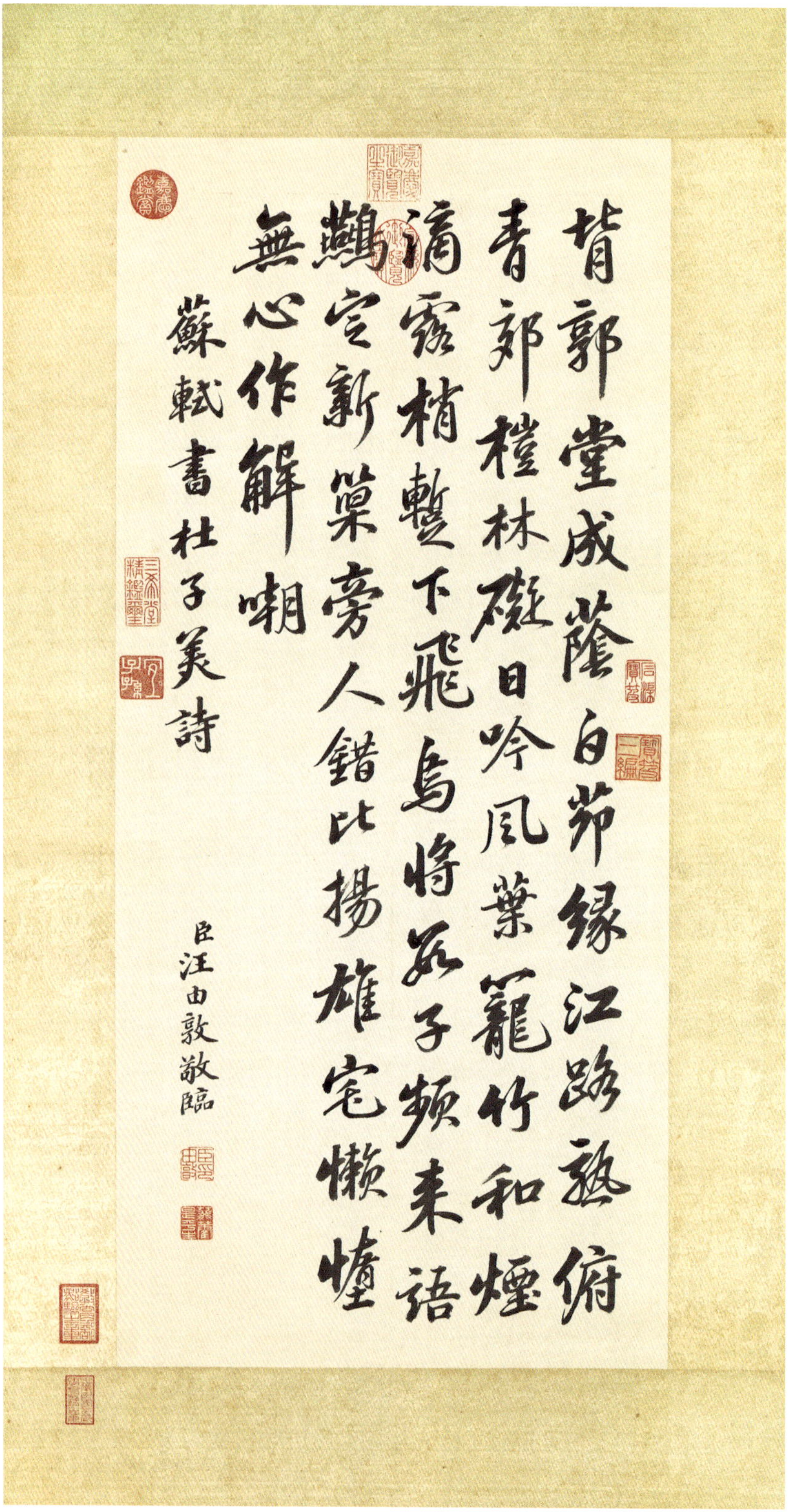

背郭堂成蔭白茅緣江路熟俯
青郊榿林礙日吟風葉籠竹和煙
滴露梢暫止飛烏將數子頻來語
鷰定新巢旁人錯比揚雄宅懶墮
無心作解嘲
蘇軾書杜子美詩
臣汪由敦敬臨

清　汪由敦临苏轼书杜甫诗　台北故宫博物院藏

栾城苏味道塑像

栾城苏味道墓

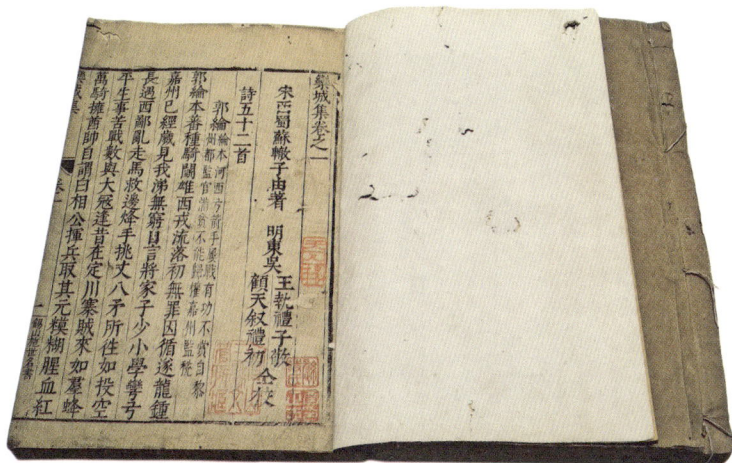

宋 苏辙 《栾城集》 明刻本 眉山三苏祠博物馆藏

眉山苏氏世系简表

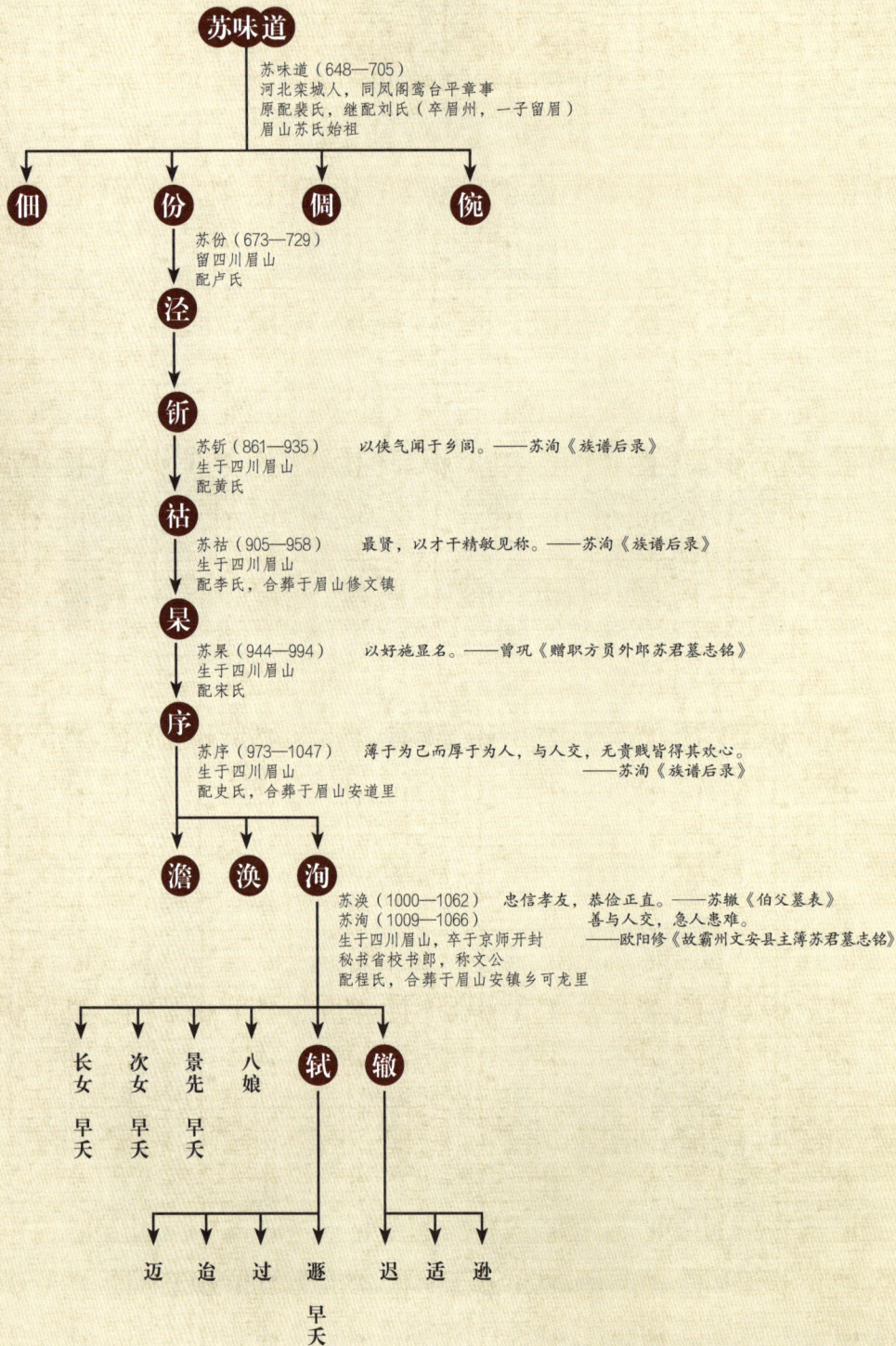

苏味道

苏味道（648—705）
河北栾城人，同凤阁鸾台平章事
原配裴氏，继配刘氏（卒眉州，一子留眉）
眉山苏氏始祖

佃   **份**   **倜**   **俭**

苏份（673—729）
留四川眉山
配卢氏

沿

釿

苏釿（861—935）　　以侠气闻于乡间。——苏洵《族谱后录》
生于四川眉山
配黄氏

祐

苏祐（905—958）　　最贤，以才干精敏见称。——苏洵《族谱后录》
生于四川眉山
配李氏，合葬于眉山修文镇

杲

苏杲（944—994）　　以好施显名。——曾巩《赠职方员外郎苏君墓志铭》
生于四川眉山
配宋氏

序

苏序（973—1047）　　薄于为己而厚于为人，与人交，无贵贱皆得其欢心。
生于四川眉山　　　　　　　　　　　　　　　　——苏洵《族谱后录》
配史氏，合葬于眉山安道里

澹   **涣**   **洵**

苏涣（1000—1062）　忠信孝友，恭俭正直。——苏辙《伯父墓表》
苏洵（1009—1066）　善与人交，急人患难。
生于四川眉山，卒于京师开封　　　——欧阳修《故霸州文安县主簿苏君墓志铭》
秘书省校书郎，称文公
配程氏，合葬于眉山安镇乡可龙里

长女   **次女**   **景先**   **八娘**   **轼**   **辙**

早夭   早夭   早夭

迈   **迨**   **过**   **遁**   **迟**   **适**   **逊**

早夭

苏洵所著的《苏氏族谱》中对此便有记载："苏氏出自高阳，而蔓延于天下。唐神龙初，长史味道刺眉州，卒于官。一子留于眉，眉之有苏氏自是始。"

苏味道之后三百年间，苏氏后人在眉山一直默默无闻。直到宋仁宗天圣二年（1024）苏东坡的二伯苏涣考中进士，苏氏后人在眉山才开始崭露头角，正如苏东坡的弟弟苏辙所说："一乡之人欣而慕之，学者自是相继辈出。"

苏东坡的祖父名苏序，古代有对当朝皇帝及自家长辈名字避讳的习俗，因此苏东坡为诗文作"序"时，避讳而写为"引"或者"叙"。

苏序有三子，长子苏澹、次子苏涣、三子苏洵。苏洵虽为"唐宋八大家"中"三苏"中的"老苏"，在科举与仕途方面却远不及他的二哥苏涣以及与他同列"唐宋八大家"的两个儿子。

苏洵年轻时不喜读书，仰慕李白和杜甫，云游四方，纵情于山水之间。二十七岁时，才开始发愤读书。《三字经》中"苏老泉，二十七，始发愤，读书籍"说的便是苏洵（一说老泉非指苏洵，而是苏轼的号，见王水照相关考证）。

苏洵十九岁时与大理寺丞程文应的女儿程氏结婚，二人育有三女三子，其中长女、次女及长子先后夭折。

幼女名八娘，后嫁与程夫人的侄子程之才，婚后受到虐待，年十八而死，由此苏家和程家长达几十年不相往来。

苏洵给次子和幼子分别取名为苏轼（字子瞻）和苏辙（字子由），他在《名二子说》中写道："轮辐盖轸，皆有职乎车，而轼独若无所为者。虽然，去轼则吾未见其为完车也。轼乎，吾惧汝之不外饰也。"（意为：与轮、辐、盖、轸相比，轼作为扶手的横木，好像是没有用处的；即使这样，如果去掉轼，那么我看不出那是一辆完整的车了。轼儿啊，我担心的是你不会隐藏自己的锋芒。）

苏洵所担心的是苏轼不会隐藏自己的锋芒，却不料一语成谶。

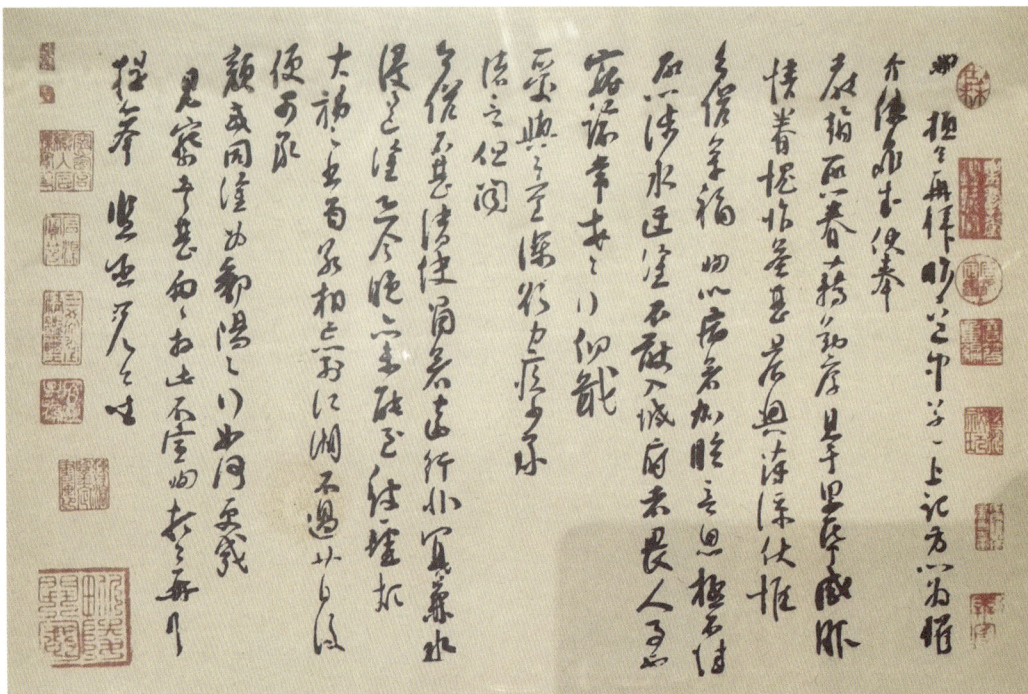

宋 苏洵 《致提举监丞帖》

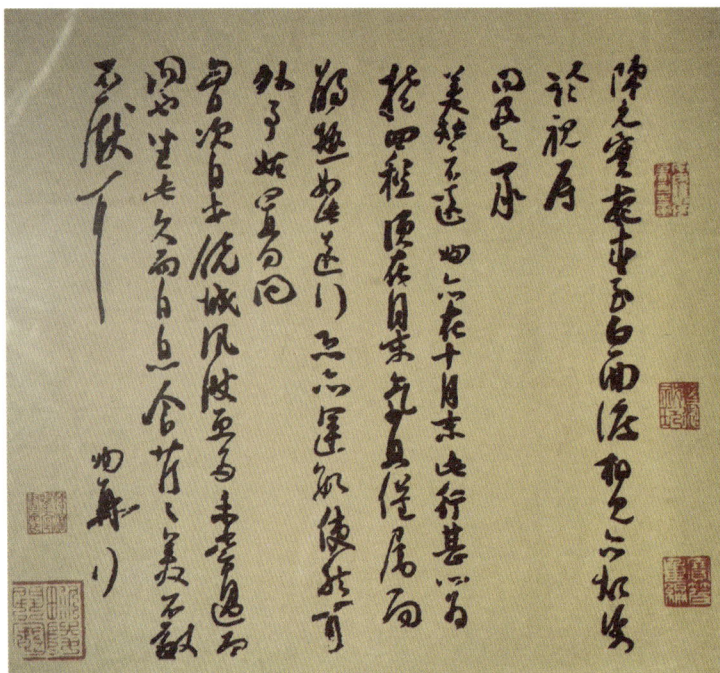

宋 苏洵 《陈元实夜来帖》

　　苏洵存世的墨迹仅《致提举监丞帖》《陈元实夜来帖》二帖。二帖均书于宋仁宗庆历七年（1047），是苏洵写的二则信札，现藏于台北故宫博物院。

　　庆历七年，三十九岁的苏洵再次落第后返乡，途中游庐山，乡友史经臣来信，苏洵回函望友能与自己同游鄱阳湖。至虔州，接父苏序噩耗，随即返川，史经臣便遣好友陈元实带信于苏洵，洵再次复信。

苏老泉　始发愤　读书籍　二十七
彼既老　犹悔迟

如负薪　身虽劳　如挂角　犹苦卓

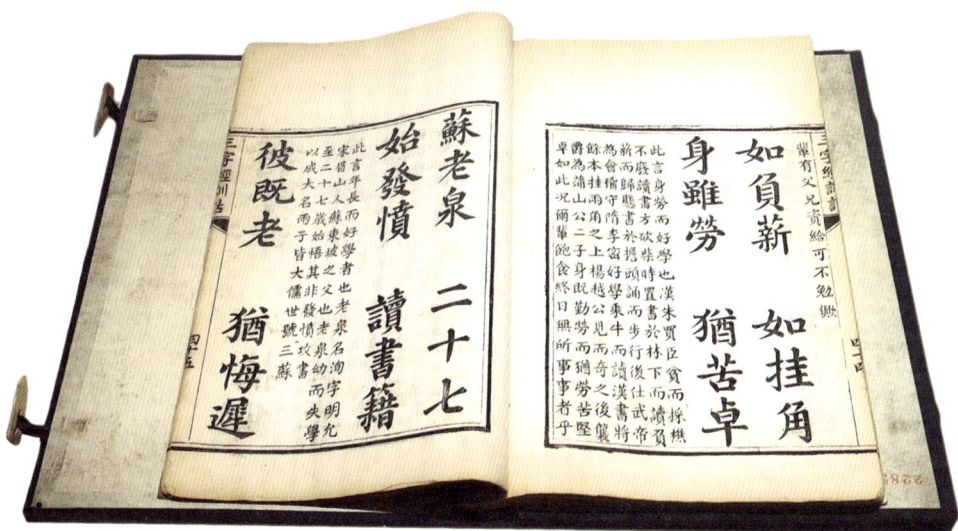

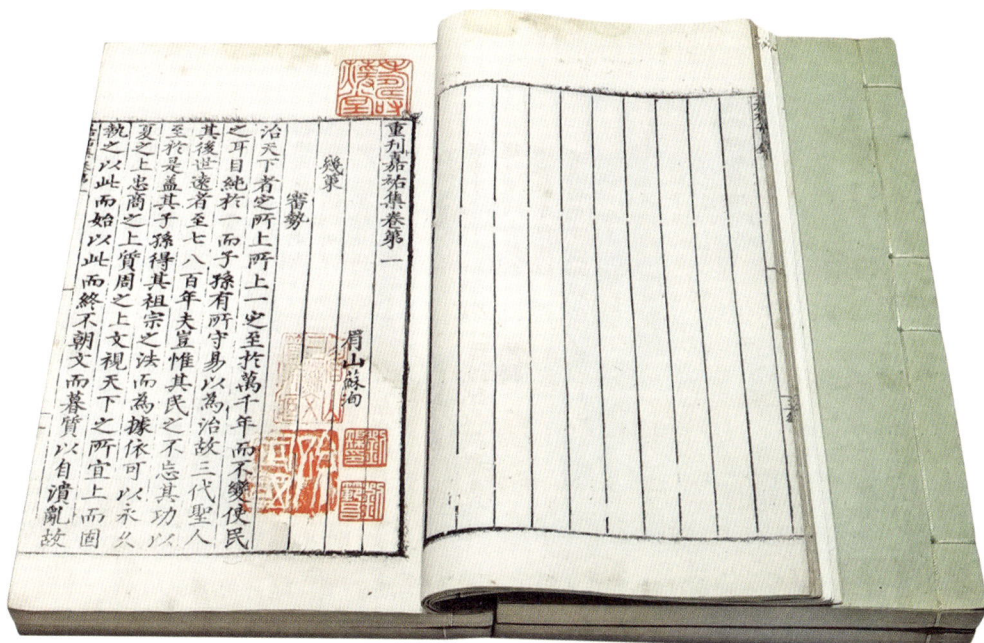

苏子家乡

智者乐水，西湖、长江、岭海都曾留下苏东坡的萍踪与华章。水至柔而至刚，这也正是苏东坡一生风骨的写照。苏东坡对湖更是情有独钟，正如南宋诗人杨万里诗云"东坡元是西湖长"，东坡足迹所到之处，杭州、惠州、颍州（今安徽阜阳）等地的西湖，皆因东坡而名扬天下。20世纪90年代，眉山县政府在岷江之滨引水成湖，以东坡之名命之，是为"东坡湖"。

初访眉山是在金秋时节。华灯初上，雨后初霁，徜徉于东坡湖畔，微风拂面，金桂飘香，令人心旷神怡。未能前往三苏祠拜谒的些许遗憾，也随着阵阵清风渐行渐远。不远处一座高大的仿古建筑映入眼帘，灯火通明的楼阁在烟雨微茫中恍若海市蜃楼、人间仙境。向路人打听后才知道，这便是历史上曾与黄鹤楼、岳阳楼、滕王阁齐名的远景楼。

远景楼始建于北宋元丰年间，当时远在他乡任职的苏东坡写下了《眉州远景楼记》：

> 吾州之俗，有近古者三。其士大夫贵经术而重氏族，其民尊吏而畏法，其农夫合耦以相助。盖有三代、汉、唐之遗风，而他郡之所莫及也。始朝廷以声律取士，而天圣以前，学者犹袭五代之弊，独吾州之士，通经学古，以西汉文词为宗师。方是时，四方指以为迂阔。至于郡县胥史，皆挟经载笔，应对进退，有足观者。而大家显人，以门族相上，推次甲乙，皆有定品，谓之江乡。非此族也，虽贵且富，不通婚姻。其民事太守县令，如古君臣，既去，辄画像事之，而其贤者，则记录其行事以为口实，至四五十年不忘。商贾小民，常储善物而别异之，以待官吏之求。家藏律令，往往通念而不以为非，虽薄刑小罪，终身有不敢犯者。岁二月，农事始作。四月初吉，谷稚而草壮，耘者毕出。数十百人为曹，立表下漏，鸣鼓以致众。择其徒为众所畏信者二人，一人掌鼓，一人掌漏，进退作止，惟二人之听。鼓之而不至，至而不力，皆有罚。量田计功，终事而会之，田多而丁少，则出钱以偿众。七月既望，谷艾而草衰，则仆鼓决漏，取罚金与偿众之钱，买羊豕酒醴，以祀田祖，作乐饮食，醉饱而去，岁以为常。其风俗盖如此。

故其民皆聪明才智，务本而力作，易治而难服。守令始至，视其言语动作，辄了其为人。其明且能者，不复以事试，终日寂然。苟不以其道，则陈义秉法以讥切之，故不知者以为难治。

今太守黎侯希声，轼先君子之友人也。简而文，刚而仁，明而不苛，众以为易事。既满将代，不忍其去，相率而留之，上不夺其请。既留三年，民益信。遂以无事，因守居之北墉而增筑之，作远景楼，日与宾客僚吏游处其上。轼方为徐州，吾州之人以书相往来，未尝不道黎侯之善，而求文以为记。

嗟夫，轼之去乡久矣。所谓远景楼者，虽想见其处，而不能道其详矣。然州人之所以乐斯楼之成而欲记焉者，岂非上有易事之长，而下有易治之俗也哉？孔子曰："吾犹及史之阙文也。有马者借人乘之。今亡矣夫！"是二者，于道未有大损益也，然且录之。今吾州近古之俗，独能累世而不迁，盖耆老昔人岂弟之泽，而贤守令抚循教诲不倦之力也。可不录乎？若夫登临览观之乐，山川风物之美，轼将归老于故丘，布衣幅巾，从邦君于其上，酒酣乐作，援笔而赋之，以颂黎侯之遗爱，尚未晚也。元丰元年七月十五日记。

而今的远景楼重建于2004年，主楼共13层，高80米，已成为眉山的地标性建筑。登楼远眺，便可尽享《眉州远景楼记》中所说的"登临览观之乐，山川风物之美"。

初访眉山，匆匆而过。夜深人静时分，忆湖畔风物，念东坡萍踪，遂作《行香子》词一阕：

烟雨微茫，西蜀秋凉。觅诗酒、苏子家乡。东坡湖畔，远景楼光。有虹桥远，浅山碧，桂花香。

浮生江海，千古文章。料当年、几度思量。可堪回首，百越南荒。念黄州月，儋州雨，惠州霜。

在苏东坡故去数十年后，南宋诗人陆游来到眉山，瞻仰苏东坡故居，曾写诗赞叹道："孕奇蓄秀当此地，郁然千载诗书城。"（《眉州披风榭拜东坡先生遗像》）

元代改苏氏旧宅为三苏祠，明末三苏祠毁于战火，清康熙年间重建。

眉山东坡湖畔的远景楼

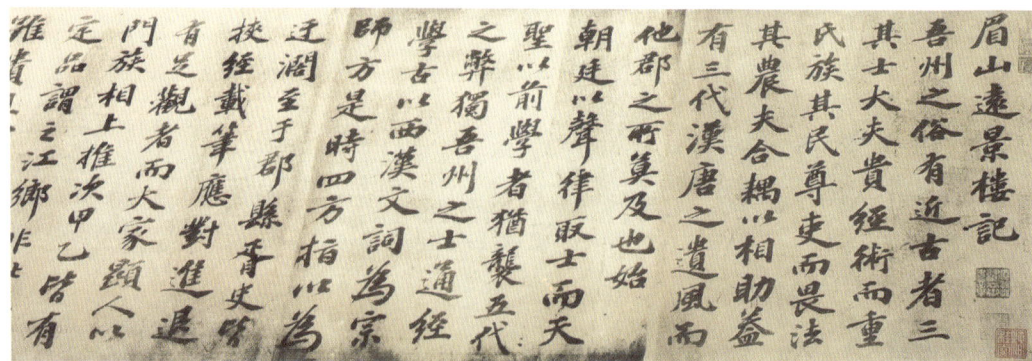

宋 苏轼 《眉州远景楼记》（局部）　民国珂罗版 西南大学文学院中国书法研究所藏

　　清咸丰三年（1853），时任四川学政的著名书法家何绍基来眉州监考举子，到三苏祠拜谒，并手书"三苏祠"匾额，而今匾额仍悬挂于三苏祠的正门之上。步入今天的三苏祠正门，迎面便是两株高大的银杏，据说栽植于明初洪武年间，距今已有六百多年的历史了。这两株银杏枝繁叶茂，昂然挺立，像比肩而立的两位巨人，被称为"兄弟树"，喻指苏轼、苏辙兄弟。

　　当年兄弟二人在此"游戏图书，寤寐其中"，正如苏东坡诗中所云"我年二十无朋俦，当时四海一子由"，弟弟苏辙在诗中也写道："自信老兄怜弱弟，岂关天下少良朋。"兄弟二人风华正茂时同榜登第，名震京华，却宦游四海，"长向别离中"。而二人始终心心相系，惺惺相惜。仰望着"兄弟树"，当代诗人舒婷《致橡树》中的两句诗便不知不觉溜到了嘴边——"仿佛永远分离，却又终身相依"！

　　三苏祠里古树参天，曲水环绕，东坡诗词碑刻随处可见。正殿里供奉着三苏父子的塑像，其中的苏东坡塑像高高在上、正襟危坐，被游人当作"文曲星"祭拜。这与院内以及其他地方的苏东坡塑像迥然不同，那些苏东坡塑像或立或坐，潇洒飘逸却不失和蔼可亲。相比于神话传说中主宰文运的"文曲星"，东坡先生或许更愿做个充满烟火气息、活在人间的文人吧。

　　清颍东流，愁目断、孤帆明灭。宦游处、青山白浪，万里重叠。孤负当年林下意，对床夜雨听萧瑟。恨此生、长向别离中，添华发。

　　一尊酒，黄河侧。无限事，从头说。相看恍如昨，许多年月。衣上旧痕余苦泪，眉间喜气添黄色。便与君、池上觅残春，花如雪。

——苏轼《满江红·怀子由作》

三苏祠苏东坡塑像

中岩情缘

　　青神县在北宋时与眉山县同属眉州，现在是眉山市辖县，至今仍流传着苏东坡初恋的故事。而今的青神县中岩以"苏东坡的初恋地"广为宣传，吸引着游人纷至沓来。

　　进入岷江之畔的中岩风景区，沿山路一路上行，首先来到的便是著名的"唤鱼池"。唤鱼池是中岩山麓崖壁之下的一处水潭，名字的由来传说与苏东坡有关。相传苏东坡十六岁时来到青神中岩书院求学，拜王方为师。苏东坡在中岩书院读书期间，因勤奋好学、才思敏捷很受王方赏识，经常下山到王方家小住，与王方之女王弗渐生情愫。

　　一日，王方与中岩寺的方丈召集文人墨客为这一水潭取名。有人取名叫"藏鱼池"，有人取名为"引鱼池"，还有人取名叫"跳鱼池"，而王方和方丈对这些名字都不满意。此时，苏东坡说道，池中鱼儿很解主客之乐，唤之即来，呼之即去。于是大笔一挥，"唤鱼池"三字一气呵成。此时，王弗在闺房中也将其题名为"唤鱼池"，让丫环送到池边，众人开卷无不惊奇。

青神中岩唤鱼池

　　后来苏东坡亲手书写的"唤鱼池"三字镌刻于碧水池边的崖壁之上，潇洒飘逸的字迹至今仍清晰可辨。

　　宋仁宗至和元年（1054），十九岁的苏东坡与十六岁的王弗结为夫妇。王弗与苏东坡伉俪情深，成了他生活和政事上的好帮手。

　　相传苏东坡曾以集句的形式填词一首《南乡子》，描绘了王弗的美貌和洞房花烛夜的欢愉。这或许是苏东坡填词的最初试笔之作。词云：

　　　寒玉细凝肤吴融，清歌一曲倒金壶郑谷，冶叶倡条遍相识李商隐，争如，豆蔻花梢二月初杜牧。
　　　年少即须臾白居易，芳时偷得醉工夫白居易。罗帐细垂银烛背韩偓，欢娱，豁得平生俊气无杜牧。

　　宋英宗治平二年（1065），王弗不幸病逝，年仅二十七岁，"葬于眉之东北彭山县安镇乡可龙里先君夫人墓之西北"。宋神宗熙宁八年（1075）正月二十，其时苏东坡正在离眉山千里之外的密州（今山东诸城）任职，他梦见去世十年的亡妻王弗，醒后潸然泪下，写下一首流传千古的《江城子》：

　　　十年生死两茫茫。不思量，自难忘。千里孤坟，无处话凄凉。纵使相逢应不识，尘满面，鬓如霜。
　　　夜来幽梦忽还乡。小轩窗，正梳妆。相顾无言，惟有泪千行。料得年年肠断处，明月夜，短松冈。

　　悼亡诗，一般是丈夫追悼亡妻之作，始于西晋潘岳（即潘安）的《悼亡诗》。唐诗里也多有佳作，其中最著名的当属元稹《离思》（其四）："曾经沧海难为水，除却巫山不是云。取次花丛懒回顾，半缘修道半缘君。"而苏东坡以诗为词，突破了词的题材和内容，《江城子·乙卯正月二十日夜记梦》成为第一首以悼亡为题材的词作。而今这首情真意切的词作镌刻在唤鱼池畔的崖壁之上，与崖壁之下风华正茂的苏东坡和王弗塑像隔水相对，见证着这段千古佳缘。

中岩不仅流传着苏东坡的初恋往事，还见证着苏（东坡）黄（庭坚）师友唱和的佳话。

黄庭坚是北宋著名诗人、书法家，以其诗与苏东坡并称"苏黄"，以其书法与苏东坡、米芾、蔡襄并称"宋四家"。黄庭坚比苏东坡小九岁，一直以弟子自居。宋哲宗绍圣年间，苏东坡与黄庭坚均遭贬谪，元符三年（1100）苏东坡获赦北归；同年，黄庭坚得赦，来到青神县省亲。在青神，黄庭坚受旧友张浩之请，为其收藏的苏东坡《寒食帖》真迹作跋。在东坡的故乡得观东坡先生真迹，天涯相隔，暌违已久，黄庭坚睹物思人，在《寒食帖》后写下了与原帖珠联璧合的跋语：

> 东坡此诗似李太白，犹恐太白有未到处。此书兼颜鲁公、杨少师、李西台笔意。试使东坡复为之，未必及此。它日东坡或见此书，应笑我于无佛处称尊也。

中岩山高林密，幽雅寂静。过了唤鱼池后，一路上山，岩间佛龛密集，人称"千佛长廊"。再往深处走，便到了黄庭坚题刻"玉泉"的所在。黄庭坚当年就在此处与诗友曲水流觞，一觞一咏，思念亦师亦友的苏东坡。

一路走马观花，还未能到访东坡读书楼，由于时间所限，便要起程赶往高铁站了。我进入景区时便订好了去往高铁站的车，出乎我意料的是——司机竟是唤鱼池畔小店的老板。他看上去四十岁左右，面色和善，细声慢语，说话总是拉着长长的尾音"哦——"，仿佛一切尽在掌握之中。

我们一路聊天，从苏东坡一直聊到他的女儿。他的女儿前一年中考取得了眉山市第四名、青神县第一名的优异成绩，考入了著名的绵阳南山中学。如此幽雅清静、书香萦绕的所在，的确是个读书的好地方。取得如此骄人的成绩，大概冥冥之中也有东坡先生的熏陶和眷佑吧。

家在岷峨

　　苏东坡生于眉山，长于眉山，直至二十一岁时离别家乡赴京赶考，此后曾两次回乡为父母守孝。故乡眉山在他的一生中留下了深深的烙印。

　　宋英宗治平三年（1066），苏东坡的父亲苏洵在京城去世后，归葬于故乡眉山，与九年前去世的程夫人合葬于一处。

　　宋神宗熙宁三年（1070），服丧期满返回京城的苏东坡写信给故乡治平院的史院主和徐大师，请求他们照看父母的坟墓：

　　　　轼启。久别思念不忘，远想体中佳胜，法眷各无恙。佛阁必已成就，焚修不
　　易。数年念经，度得几人。徒弟应师仍在思濛住院，如何？略望示及。石头桥、
　　坍头两处坟茔，必烦照管。程六小心否？惟频与提举，是要。非久求蜀中一郡归

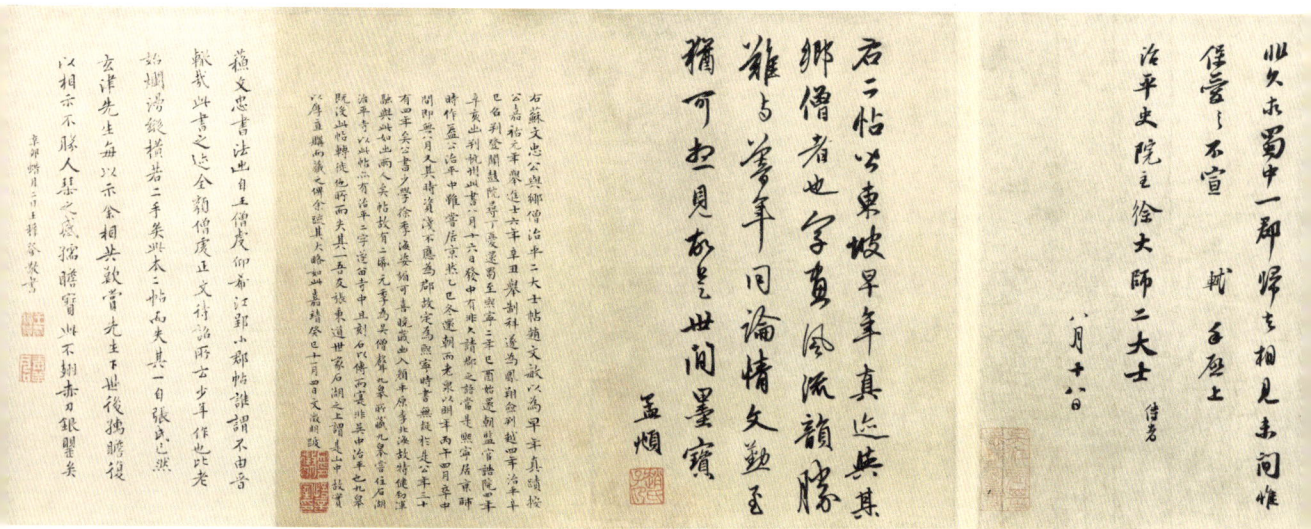

宋　苏轼　《治平帖》　　宋神宗熙宁三年（1070）书于开封　故宫博物院藏

去，相见未间，惟保爱之。不宣。轼手启上治平史院主、徐大师二大士侍者。八月十八日。

这封信札被称为《治平帖》，是苏东坡早期书法作品的代表作。在其卷首有明人所画东坡先生像及释妙声所书的《东坡先生像赞》，凝练总结和高度评价了东坡先生的一生。赞曰：

岷山峨峨，江水所出。钟为异人，生此王国。秉帝杼机，黼黻万物。其文如粟帛之有用，其言犹河汉之无极。若夫紫微玉堂，琼崖赤壁，阅富贵于春梦，等荣名于戏剧。忠君之志，虽困愈坚；浩然之气，之死不屈。至其临绝答维琳之

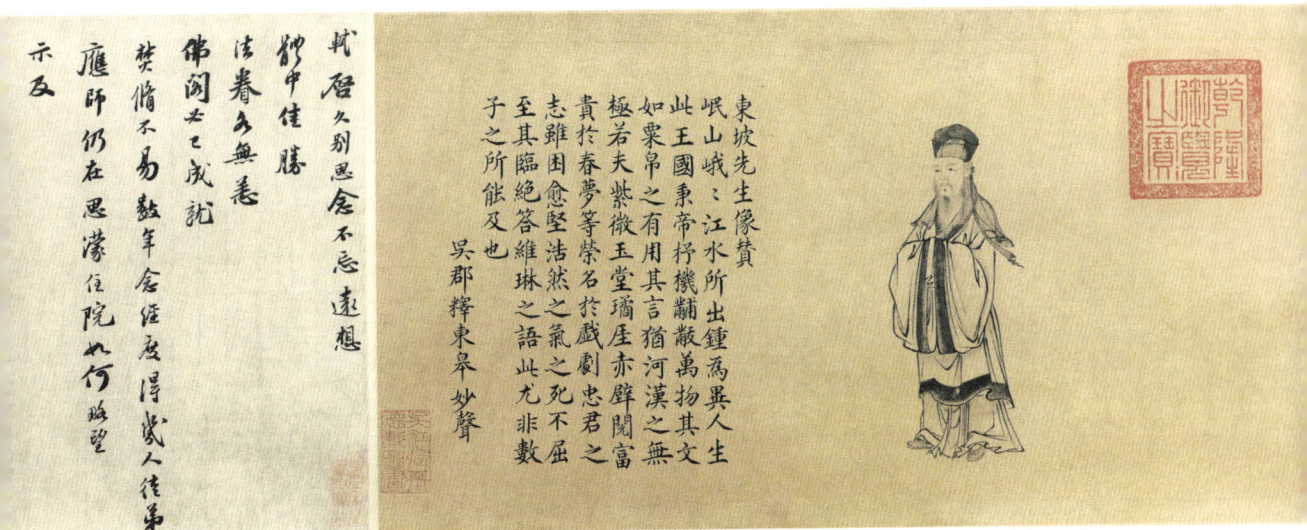

语，此尤非数子之所能及也。

《治平帖》卷后有赵孟頫、文徵明、王穉登的题跋。该帖是较为少见的苏东坡早年真迹，其笔法精细，字体遒媚，正如赵孟頫在其跋语中所称"字画风流韵胜"。

眉山东滨岷江，南依峨眉，苏东坡在诗词中常以"岷峨"代指。后来苏东坡在贬居黄州之时，思乡之情日益强烈。在《满江红·寄鄂州朱使君寿昌》中，他自比"剑外思归客"，长忆故乡的"岷峨雪浪，锦江春色"。

离别黄州之时，苏东坡慨叹"归去来兮，吾归何处，万里家在岷峨"，思归之情真切动人。

当苏东坡再次被贬，从大宋北部边陲的定州一路南下，尽管"许国心犹在"，却面临着"萧条万象疏"的凄凉晚景，即将抵达岭南蛮荒之地，年近花甲的苏东坡发出了"岷峨家万里，投老得归无"的思归之声。

人在春风得意之时，想到的常常是衣锦还乡，对故乡的感情往往流于肤浅。而处于人生低谷和迟暮时，故乡却是魂之归处、心之安处，此时的思乡之情变得深刻而沉重。

正如印度诗剧《沙恭达罗》中的那两句诗：

你无论走得多远也不会走出我的心，
黄昏的树影拖得再长也离不开树根。

故乡便是那树根，游子走得再远，也走不出她的心。

江汉西来，高楼下、蒲萄深碧。犹自带、岷峨雪浪，锦江春色。君是南山遗爱守，我为剑外思归客。对此间、风物岂无情，殷勤说。

江表传，君休读。狂处士，真堪惜。空洲对鹦鹉，苇花萧瑟。不独笑书生争底事，曹公黄祖俱飘忽。愿使君、还赋谪仙诗，追黄鹤。

——苏轼《满江红·寄鄂州朱使君寿昌》

归去来兮，吾归何处，万里家在岷峨。百年强半，来日苦无多。坐见黄州再闰，儿童尽、楚语吴歌。山中友，鸡豚社酒，相劝老东坡。

云何。当此去，人生底事，来往如梭。待闲看，秋风洛水清波。好在堂前细柳，应念我、莫翦柔柯。仍传语，江南父老，时与晒渔蓑。

——苏轼《满庭芳·归去来兮》

八月渡长湖，萧条万象疏。
秋风片帆急，暮霭一山孤。
许国心犹在，康时术已虚。
岷峨家万里，投老得归无。

——苏轼《南康望湖亭》

第二章　万人如海一身藏

英国历史学家汤因比曾说："如果让我选择，我愿意活在中国的宋朝。"比起"强汉"与"盛唐"，宋朝的军事或许积弱，但宋朝（尤其是北宋）在中国历史上可以称得上是政治清明、经济发达、文化繁荣、社会安定的典范。著名历史学家陈寅恪曾经评价说："华夏民族之文化，历数千载之演进，造极于赵宋之世。"北宋画家张择端的名画《清明上河图》便以写实之笔再现了北宋汴京城内及近郊物阜民丰、兴旺繁荣的景象。生逢两宋之间的孟元老在其《东京梦华录》中追述了北宋东京的繁荣场景：

太平日久，人物繁阜。垂髫之童，但习鼓舞，班白之老，不识干戈。时节相次，各有观赏。灯宵月夕，雪际花时，乞巧登高，教池游苑。举目则青楼画阁，绣户珠帘。雕车竞驻于天街，宝马争驰于御路，金翠耀目，罗绮飘香。新声巧笑于柳陌花衢，按管调弦于茶坊酒肆。

开封，位于中原地带、黄河之滨，作为北宋的都城，是当时世界上最为繁华的大都市。对于苏东坡而言，在这里他曾金榜题名，走向希望的春天；在这里他曾位极人臣，达到仕途的巅峰。在这里他也曾痛失亲人、几度洒泪；在这里他曾身陷囹圄、危在旦夕。

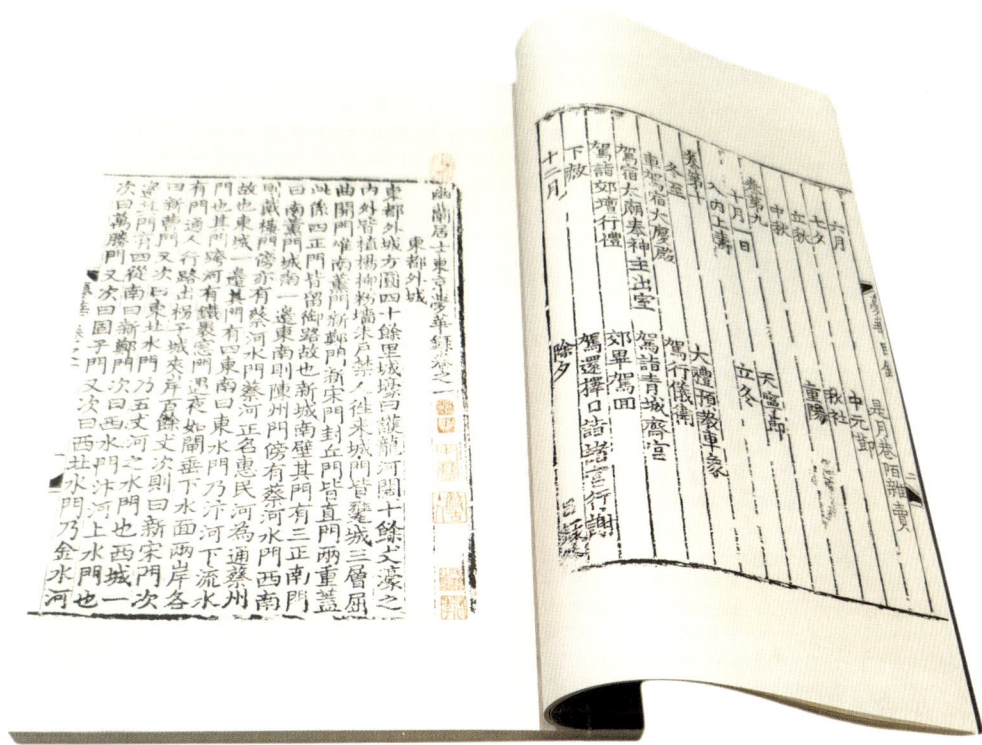

宋 孟元老 《东京梦华录》十卷　　2003年北京图书馆出版社据国家图书馆藏元刻本影印

本书是孟元老在南宋初年追记北宋都城汴梁风土人情的著作。原本为现存最早刻本，竹纸印造，多用俗体字、异体字。元刻本经毛氏汲古阁、袁克文收藏。

初来少年

　　中国古代的科举制度（主要指进士科）始于隋朝，终于晚清光绪年间，前后长达一千三百年。唐代的科举考试主要有进士科和明经科，而进士科录取人数少、考中难度大，每年录取人数仅十几人到几十人而已，因此有"三十老明经，五十少进士"之说。唐代新科进士的一大荣誉是"雁塔题名"，也就是在京城长安慈恩寺内大雁塔的石砖上刻下新科进士的姓名和籍贯。白居易二十九岁时进士及第，在同榜十七名进士中最为年轻，曾经留下了"慈恩塔下题名处，十七人中最少年"的诗句。曾经写下"谁言寸草心，报得三春晖"的唐代诗人孟郊却没有白居易那么幸运，直到四十六岁时才中进士，于是他在登科后兴奋地写道："春风得意马蹄疾，一日看尽长安花。"

　　宋代大幅增加了科举录取名额。据统计，宋太宗在位二十二年间进士科录取人数近万名，平均每年四百五十余人。宋仁宗时对进士名额做了一定限制，规定每科（三年）不超过四百人。

　　宋代进士分为三等：一甲称进士及第，二甲称进士出身，三甲赐同进士出身。比起唐代的"五十少进士"，宋代的进士普遍年轻，二十几岁的很常见，比如欧阳修中进士时二十四岁，司马光二十岁，王安石二十二岁，与苏东坡同榜的进士——时年三十九岁的曾巩和三十八岁的张载算是年龄偏大的了。

　　宋仁宗嘉祐二年（1057），苏东坡和弟弟苏辙来到京城开封参加礼部的考试。在策试中，时任主考官的文坛领袖欧阳修，对苏东坡的《刑赏忠厚之至论》激赏不已，但怀疑是弟子曾巩之作，为避嫌忍痛割爱使其屈居第二。

　　欧阳修在写给另一位主考官梅尧臣的书信中称赞苏东坡道："读轼书，不觉汗出，快哉！快哉！老夫当避路，放他出一头地也。"（《与梅圣俞书》）由此诞生了一个成语"出人头地"。

　　在同年的殿试中，苏东坡中进士乙科，弟辙同榜及第。苏东坡时年二十二岁，弟弟苏辙年仅十九岁。这一榜进士可谓群英荟萃，除苏氏兄弟外，有同列"唐宋八大家"的曾巩（时年三十九岁），还有日后成为理学大师的程颢（时年二十六岁）和张载（时年三十八岁），以及后来出任宰辅、影响北宋政局的吕惠卿（时年二十六岁）和曾布（时年二十岁）等人。

这一榜的进士中还有一个日后成为苏东坡的死对头、将苏东坡一贬再贬的章惇（时年二十三岁），但由于同榜状元是其族侄章衡，他耻于屈居章衡之下，弃而不就。

苏氏兄弟还沉浸在金榜题名的喜悦之中，却传来了母亲程夫人卒于纱縠行老家的噩耗。父子三人奔丧回乡，家中已是一派"屋庐倒坏，篱落破漏，如逃亡人家"的凄惨景象。三年之后，服丧期满的苏氏兄弟回到京城又参加了"制科"的考试。

嘉祐六年（1061），宋仁宗下诏开制科。制科是科举时代临时设置的考试科目，是进士科之外的非常设考试，意在年轻学子中进一步发掘杰出人才，其难度要高于进士科考试。此次制科考试中，苏氏兄弟双双脱颖而出，凭借出色的才华和政见折服了考官和皇帝。其中苏东坡列第三等，苏辙列第四等。宋初以来，第一等和第二等皆为虚设，苏东坡之前获得第三等的仅有吴育一人。据《宋史·苏轼传》记载，当时的仁宗皇帝对苏氏兄弟二人大为赞赏，回到宫中兴奋地对皇后说："朕今日为子孙得两宰相矣。"

苏东坡被授予大理评事、凤翔府签判之职，意味着站在了仕宦生涯一个很高的起点。十多年后，宋神宗熙宁七年（1074）十月，年近不惑的苏东坡离别杭州北上赴任密州，兄弟二人"当时共客长安"的千端往事涌上心头。于是，苏东坡在途中填了一首《沁园春》，寄给远在齐州（今山东济南）的弟弟：

孤馆灯青，野店鸡号，旅枕梦残。渐月华收练，晨霜耿耿，云山摛锦，朝露洏洏。世路无穷，劳生有限，似此区区长鲜欢。微吟罢，凭征鞍无语，往事千端。

当时共客长安，似二陆初来俱少年。有笔头千字，胸中万卷，致君尧舜，此事何难。用舍由时，行藏在我，袖手何妨闲处看。身长健，但优游卒岁，且斗尊前。

在经历了十多年宦海沉浮之后，此时的苏东坡变得更加成熟，远离新旧党争的旋涡，开始在各地漂泊，对于"用舍由时，行藏在我"的领悟愈加深刻。这首《沁园春》直抒胸臆，慷慨激昂，开始崭露豪放之气。

王城堪隐

千年之后，八朝古都开封的名胜古迹里一如当年弥漫着浓厚的生活气息。复原仿古的"清明上河园"自不必说，"开封府"门庭若市，亦是如此。

开封府的主角是包青天，即包拯。包拯是宋仁宗时的名臣，曾任监察御史、龙图阁直学士、权知开封府、权御史中丞、枢密副使等职，世称"包龙图"。包拯廉洁公正、刚正不阿，不附权贵、铁面无私，敢于替百姓伸张正义，有"包青天"之美誉。小说《三侠五义》以及电视剧《包青天》使其故事家喻户晓，成为妇孺皆知的清官形象。

相比之下，苏东坡与开封府的渊源却鲜为人知。苏东坡兄弟金榜题名的当年，本应意气风发，大展才华，却遭受了母亲去世的悲痛。数年后，东坡又遭受了夫人王弗和父亲苏洵去世的连续打击。宋神宗熙宁二年（1069）初，苏东坡为父亲丁忧期满回到东京开封，先除判官告院，后担任开封府推官，掌管刑狱诉讼事务。

苏东坡尽管少年得志、金榜题名，才华令当时的文坛领袖欧阳修都赞叹不已，但为官还是要从头做起。在这个当时天下最繁华的都市里，万人如海，年轻的苏东坡也显得微不足道。正如他在写给弟弟子由的诗中所云："惟有王城最堪隐，万人如海一身藏。"

病中闻汝免来商，旅雁何时更著行。
远别不知官爵好，思归苦觉岁年长。
著书多暇真良计，从宦无功漫去乡。
惟有王城最堪隐，万人如海一身藏。

——苏轼《病中闻子由得告不赴商州三首》（其一）

寻访开封，时值金秋十月，菊花开得正好。就如牡丹之于洛阳，菊花是开封的标志，有着悠久的栽植历史，在北宋时期达到鼎盛。如今的开封没有忘记苏东坡，在开封府景区左厅里模仿着当年的摆设，墙上挂着苏东坡的画像；开封府景区内，立了一座苏东坡塑像，只见他手持如椽之笔，在金蕊流霞之中显得神采飞扬。

当年，苏东坡与弟弟苏辙赴京赶考途经渑池，同住于县中僧舍，并于壁上题诗。数年之后，宋仁宗嘉祐六年（1061）冬，苏东坡赴凤翔府任职，又经过渑池。苏辙送苏东坡至郑州，作《怀渑池寄子瞻兄》，诗云：

> 相携话别郑原上，共道长途怕雪泥。
> 归骑还寻大梁陌，行人已渡古崤西。
> 曾为县吏民知否？旧宿僧房壁共题。
> 遥想独游佳味少，无言骓马但鸣嘶。

苏东坡依其韵而和之，作《和子由渑池怀旧》，诗云：

> 人生到处知何似？应似飞鸿踏雪泥。
> 泥上偶然留指爪，鸿飞那复计东西。
> 老僧已死成新塔，坏壁无由见旧题。
> 往日崎岖还记否，路长人困蹇驴嘶。

当时年轻的苏东坡虽没有太多的人生阅历，对人生却有着超出其年龄和阅历的独到感悟。人生正如一场没有目的地的旅行，每一个驿站，每一个瞬间，都如一阵不经意吹过的清风，在生命中留下痕迹，却又不见了踪影。

宋　苏轼　《上神宗论新法》（熙宁二年十二月）　　摘自赵汝愚辑《国朝诸臣奏议》元明递修本

柏台霜气

苏东坡年少成名，有文坛领袖、参知政事欧阳修的提携，还得到了年轻的神宗皇帝的赏识，很快就名满天下。据《宋史·苏轼传》记载："神宗尤爱其文，宫中读之，膳进忘食，称为天下奇才。"

苏东坡父丧丁忧期满回到京城后，虽然诗文得到神宗皇帝的喜爱，而时局已是今非昔比，主持变法的宰相王安石认为苏东坡只是一介文人，难堪大用。苏东坡两次上书神宗皇帝，陈述自己不同的政治主张，却不见用。

为躲避新旧党争，在开封府的短暂任职之后，苏东坡自请外放，先是通判杭州，后又历任密州、徐州和湖州知州，八年之后他却以囚徒之身再次回到京城。

北宋政治算得上清明，但依然不乏官场的倾轧，新旧党争加剧了这一现象。处于政治夹缝中的苏东坡虽远在江湖，而"独以名太高，与朝廷争胜耳"（马永卿《元城语录》），最终成为了政治的牺牲品。

与苏东坡同时代的沈括，其综合性笔记体著作《梦溪笔谈》被英国科学史家李约瑟誉为"中国科学史上的里程碑"，这位中国科学史上的巨人，却是一个政治上的小人。在苏东坡通判杭州之时，沈括曾以钦差大臣的身份到访杭州，处心积虑地从苏东坡手上取得其手书诗作一册，回到京城逐一批注，进呈神宗皇帝，控告苏东坡的诗作充满对朝廷讪谤怨怼之词。虽然此事后来不了了之，但却为日后的"乌台诗案"埋下了祸根。

数年之后，苏东坡抵达湖州任所后，在《湖州谢上表》中写道："知其愚不适时，难以追陪新进；察其老不生事，或能牧养小民。"这终于激怒了熙宁变法中的"新进"小人。御史中丞李定伙同监察御史里行何正臣、舒亶等人采取了当年沈括所用的相同手段，以当时流行的苏东坡诗集《钱塘集》作为罪证，煞费苦心地附会出一组"谤讪君上"的诗作，并列出应当对苏东坡"大明刑赏，以示天下"的四大罪状：滥得时名，怙终不悔；傲悖之语，日闻中外；不循陛下之化；肆其愤心，公为诋訾。"新进"小人的"舆论沸腾"

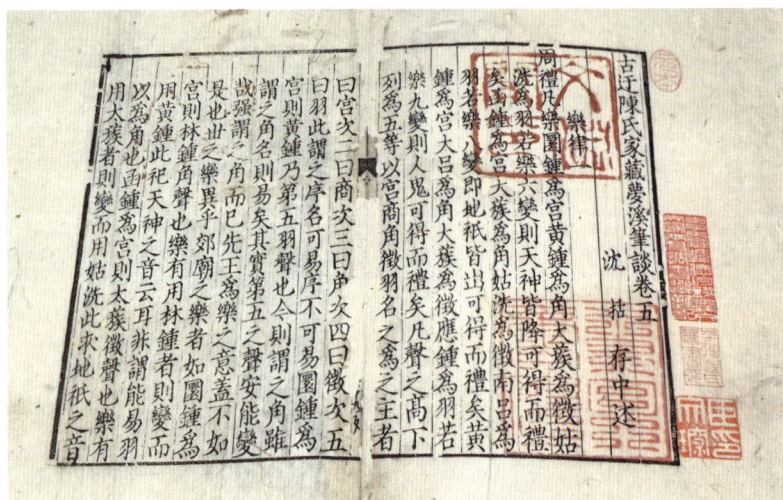

宋 沈括 《梦溪笔谈》　元刻本

宋 苏轼、沈括 《苏沈良方》　清刻本

　　《苏沈良方》又名《苏沈内翰良方》，为清乾隆年间四库馆臣从《永乐大典》中辑出，是沈括《良方》和苏轼《苏学士方》的合编本，苏、沈二家之说因互相掺杂，已不易细分。主要记述各种单方验方、本草、灸法、养生及炼丹等，并附部分医案。治法简便，可供临床参考。

使得日益自负的神宗皇帝大为震怒，终于下旨御史台处理苏东坡谤讪朝政一案。

宋神宗元丰二年（1079）七月二十八日，苏东坡担任湖州知州仅三个月，便因诗文谤讪朝廷的罪名被捕。据时人孔平仲在《孔氏谈苑》中云："顷刻之间，拉一太守，如驱犬鸡。"

苏东坡被押解回京后关押在御史台（别称乌台），"新进"们根据其诗集《钱塘集》逐篇拷问其诗句之义，历时一百三十天，这便是历史上著名的文字狱——"乌台诗案"。时人苏颂的诗中记录了苏东坡在狱中的悲惨——"却怜比户吴兴守，诟辱通宵不忍闻"（吴兴即湖州）。

据说当时苏东坡的长子苏迈每天去狱中给父亲送饭，他们约定平时饭菜是蔬菜和肉，如有坏消息则送鱼。有一天，苏迈临时离开京城去借钱，就托人给父亲送饭，那人不明就里，想给苏东坡改善一下伙食，于是就在饭菜中添了一条鱼。苏东坡以为自己死期将至，于是在狱中写下两首绝命诗留给弟弟苏辙，诗前序云："予以事系御史台狱，狱吏稍见侵，自度不能堪，死狱中，不得一别子由，故作二诗授狱卒梁成，以遗子由。"诗云：

圣主如天万物春，小臣愚暗自亡身。

百年未满先偿债，十口无归更累人。

是处青山可埋骨，他时夜雨独伤神。

与君今世为兄弟，又结来生未了因。

柏台霜气夜凄凄，风动琅珰月向低。

梦绕云山心似鹿，魂惊汤火命如鸡。

眼中犀角真吾子，身后牛衣愧老妻。

百岁神游定何处，桐乡知葬浙江西。

"与君今世为兄弟，又结来生未了因"的诗句至今读来犹催人泪下。

实际上，苏东坡的弟弟苏辙、好友王诜等人，他的同僚，甚至太皇太后，甚至政敌——已经罢相归隐的王安石，都在为他奔走求情。最终，苏辙、王诜、王巩因此被贬官，张方平、司马光、陈襄、黄庭坚等人因此而被罚铜。在经历了四个多月的牢狱之灾后，苏东坡被贬黄州——责授检校水部员外郎、充黄州团练副使，本州安置，不得签书公事。

苏东坡得以重见天日，他"却对酒杯疑是梦"，又开始"试拈诗笔"。

百日归期恰及春，余年乐事最关身。
出门便旋风吹面，走马联翩鹊噪人。
却对酒杯浑似梦，试拈诗笔已如神。
此灾何必深追咎，窃禄从来岂有因。

平生文字为吾累，此去声名不厌低。
塞上纵归他日马，城东不斗少年鸡。
休官彭泽贫无酒，隐几维摩病有妻。
堪笑睢阳老从事，为余投檄到江西。

——苏轼《十二月二十八日，蒙恩责授检校水部员外郎黄州团练副使，复用前韵二首》

西园雅集

开封，是苏东坡的春风得意之地，也是他身陷囹圄之地，又是他东山再起之地。

结束黄州五年谪居生活后不久，苏东坡重回开封，之后一路升迁，在太皇太后摄政的宋哲宗元祐年间官至端明殿学士、翰林侍读学士、礼部尚书。

宋哲宗元祐年间，同在朝中为官、围绕在苏东坡身边的后学黄庭坚、秦观、晁补之、张耒四人被合称为"苏门四学士"。苏东坡说："如黄庭坚鲁直、晁补之无咎、秦观太虚、张耒文潜之流，皆世未之知，而轼独先知之。"宋沿唐故事，供馆职的皆通称为学士。苏门四学士之外，再加上陈师道与李廌，合称为"苏门六君子"。

此外，苏东坡在元祐年间与年龄相仿、政见相近的钱勰、蒋之奇、王钦臣成为交游唱和的诗友，时称"元祐四友"。

在开封的这段日子里，苏东坡、苏辙与黄庭坚、秦观、张耒、晁补之等苏门弟子以及王钦臣、李之仪、米芾、李公麟等书画大家时常在驸马王诜的府邸（西园）宴饮欢聚，诗酒流连。

西园雅集是继东晋王羲之等人的兰亭雅集之后另一影响深远的文人雅集。李公麟的名画《西园雅集图》便再现了这一盛世雅集。此后的历代画家，如马远、刘松年、赵孟頫、唐寅、仇英、石涛等都有同题的画作问世。

主持西园雅集的王诜（字晋卿）是苏东坡的好友，当年"乌台诗案"中曾因积极营救苏东坡而遭贬谪。元祐元年（1086），苏东坡在为王诜《自书诗卷》所作的题跋中写道：

> 晋卿为仆所累，仆既谪齐安，晋卿亦贬武当。饥寒穷困，本书生常分，仆处之不戚戚固宜。独怪晋卿以贵公子罹此忧患而不失其正，诗词益工，超然有世外之乐。此孔子所谓可与久处约、长处乐者耶。

苏东坡的《和王晋卿并引》中说：

宋　刘松年　《西园雅集图》（局部）　台北故宫博物院藏

宋 赵佶 《文会图》　台北故宫博物院藏

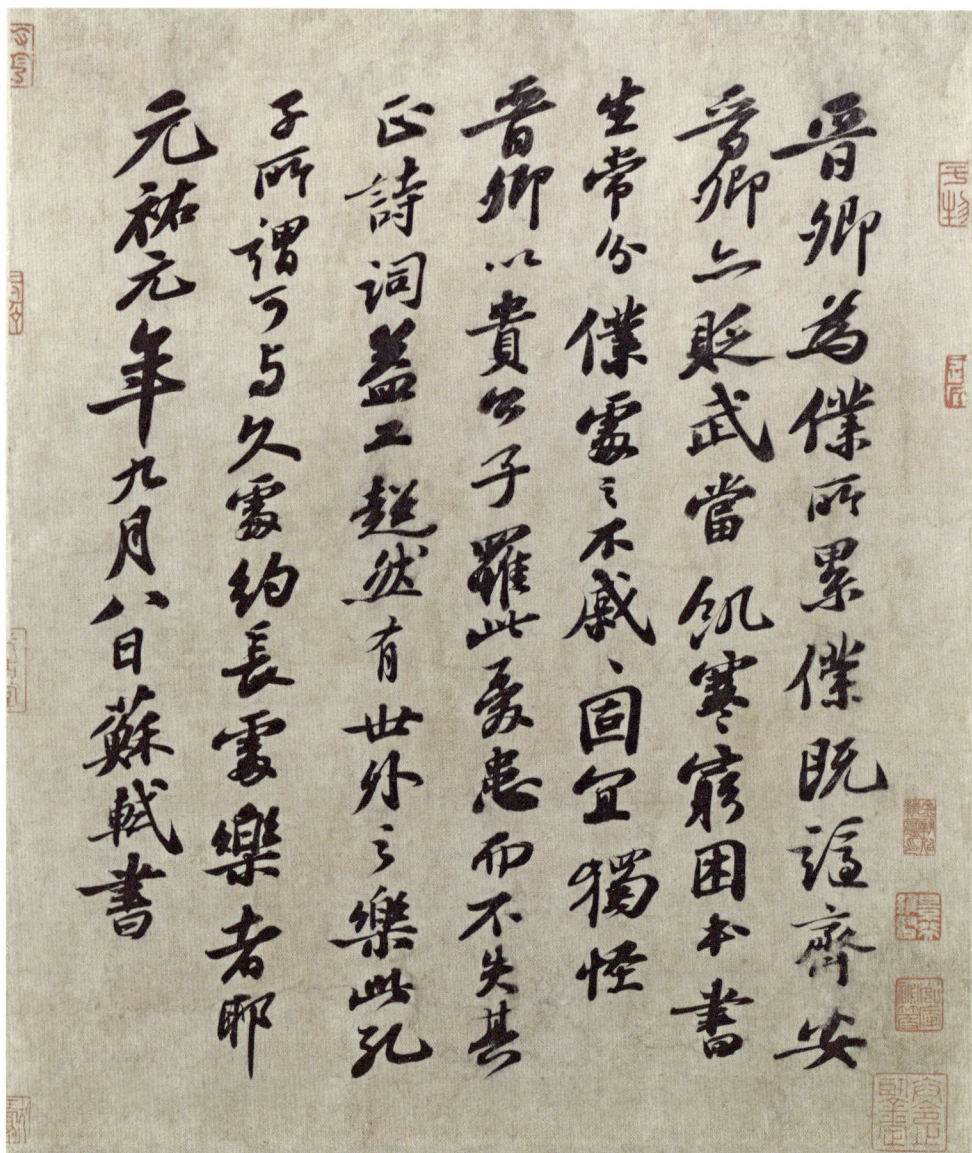

宋 苏轼 《题王诜诗帖》　　宋哲宗元祐元年（1086）九月八日书于开封 故宫博物院藏

予闻世谓诗人少达而多穷，夫岂然哉？盖世所传诗者，多出于古穷人之辞也。凡士之蕴其所有而不得施于世者，多喜自放于山巅水涯之外，见虫鱼草木、风云鸟兽之状类，往往探其奇怪，内有忧思感愤之郁积，其兴于怨刺，以道羁臣寡妇之所叹，而写人情之难言。盖愈穷则愈工，然则非诗之能穷人，殆穷者而后工也。

——欧阳修《梅圣俞诗集序》

元丰二年，予得罪贬黄冈，而晋卿亦坐类远谪，不相闻者七年。予既召用，晋卿亦还朝，相见殿门外。感叹之余，作诗相属，托物悲慨，厄穷而不怨，泰而不骄。怜其贵公子有志如此，故和其韵。

该题跋（《题王诜诗帖》）笔丰墨满，字体长短交错，纵横抑挫，富于动感，为苏东坡书法成熟期的代表作。其内容既有叙事又兼有议论，充满患难知己之情，而"超然有世外之乐"。

元祐时期苏东坡在开封留下的传世诗词不多，其中"竹外桃花三两枝，春江水暖鸭先知"等题画诗正是文人雅集、诗友唱和的产物，充满着恬淡的生活情趣。

正如苏东坡的恩师欧阳修所云，诗"愈穷则愈工"，苏东坡的许多传世之作大多是在其远在江湖时的手笔，而高居庙堂之时，或羁绊于冗务应酬，或流连于酒宴交游，罕有打动人心的佳作问世。

千百年后，岁月变迁，无论是留下屈辱记忆的乌台，还是充满欢声笑语的西园，都已消隐在开封的寻常巷陌中，无处寻觅其踪迹了。

宋 王诜 《柳荫高士图》　　故宫博物院藏

第三章

人生如逆旅，我亦是行人

东南形胜，三吴都会，钱塘自古繁华。烟柳画桥，风帘翠幕，参差十万人家。云树绕堤沙。怒涛卷霜雪，天堑无涯。市列珠玑，户盈罗绮，竞豪奢。

　　重湖叠巘清嘉。有三秋桂子，十里荷花。羌管弄晴，菱歌泛夜，嬉嬉钓叟莲娃。千骑拥高牙。乘醉听箫鼓，吟赏烟霞。异日图将好景，归去凤池夸。

　　柳永的《望海潮》寥寥数语便道出了杭州作为"东南第一州"的秀美繁华，可以算作杭州最有名的"广告词"了。

　　可惜苏东坡比柳永晚生了几十年，料想他当年来到杭州看到此等佳句时，心情与看到崔颢《黄鹤楼》诗的李白会有几分相仿——"眼前有景道不得，崔颢题诗在上头"。

　　宋神宗熙宁至宋哲宗元祐年间，前后二十年内，苏东坡在杭州两度为官，为杭州留下了苏堤和诸多诗词名篇，也是他人生中诗酒年华的集中体现。

淡妆浓抹

宋神宗熙宁四年（1071）十一月，已经名满天下的苏东坡抵达杭州。在此后数年间，苏东坡任杭州通判，与知州陈襄（字述古）志趣相投，公务之余，二人时常一起出游宴饮、赏花吟诗，由此诞生了诸多诗词唱和的佳作。

苏东坡因公务暂别杭州，途中他触目兴怀，回忆起与陈襄在西湖诗词宴饮的情形，写下一首《行香子·丹阳寄述古》，成为其早期代表词作之一。词云：

> 携手江村，梅雪飘裙。情何限、处处消魂。故人不见，旧曲重闻。向望湖楼，孤山寺，涌金门。
>
> 寻常行处，题诗千首，绣罗衫、与拂红尘。别来相忆，知是何人。有湖中月，江边柳，陇头云。

熙宁六年（1073）的一天，天气晴好，波光潋滟，苏东坡与陈襄等人在西湖游宴。

不久天色转阴，下起雨来，雨雾迷漫，山色朦胧，似有若无，缥缈不定，别有一番风味。面对此情此景，苏东坡写下了脍炙人口的《饮湖上初晴后雨》二首：

> 朝曦迎客艳重冈，晚雨留人入醉乡。
> 此意自佳君不会，一杯当属水仙王。
>
> 水光潋滟晴方好，山色空蒙雨亦奇。
> 欲把西湖比西子，淡妆浓抹总相宜。

诗中苏东坡把天下胜景西湖比作绝代佳人西施，可谓新奇精妙，不仅道出了西湖之美，还赋予西湖美景以美人的丰饶韵致。"欲把西湖比西子，淡妆浓抹总相宜"成为描写西湖最美的诗句。正如南宋诗人武衍所云："除却淡妆浓抹句，更将何语比西湖？"

关于"欲把西湖比西子，淡妆浓抹总相宜"，也有传说是苏东坡初次遇见王朝云时所写下的诗句。

相传王朝云早年家境贫寒，后沦为西湖歌伎，她天生丽质，能歌善舞，灵慧聪颖，善解人意。她虽混迹红尘之中，却独具一种清雅脱俗的气质。

当年，朝云在浓妆艳抹的众多歌伎中，清丽淡雅、楚楚可人，别有一种空谷幽兰的韵致，沁入苏东坡的心田。面对佳人美景，苏东坡写下了"欲把西湖比西子，淡妆浓抹总相宜"的佳句。

熙宁七年（1074）秋，陈襄即将离任杭州知州之际，宴客于有美堂，苏东坡即席赋词赠别陈襄。

在杭州共事时，二人配合默契，组织治蝗赈灾、疏浚六井、奖掖后进，广有口碑。如今即将天隔南北，往事历历在目。

有美堂前水月交辉，碧光如镜，令人暂时忘却了歌舞欢宴和世间纷扰，仿佛进入了天人合一的境界。明澈如镜、温婉静谧的江月，正如二人光风霁月的心境和友情。

湖山信是东南美，一望弥千里。使君能得几回来，便使尊前醉倒更徘徊。
沙河塘里灯初上，水调谁家唱。夜阑风静欲归时，惟有一江明月碧琉璃。

——苏轼《虞美人·有美堂赠述古》

忘年之交

在杭州通判任上，苏东坡与陈襄诗词唱和之外，还与年逾八旬的词人张先成了忘年之交。

张先，字子野，北宋著名词人，婉约派代表人物之一。宋代李颀的《古今诗话录》记载："有客谓子野曰：'人皆谓公张三中，即心中事、眼中泪、意中人也。'子野曰：'何不曰之为张三影？'客不晓。公曰：''"云破月来花弄影""娇柔懒起，帘幕卷花影""柳径无人，堕絮飞无影"，此余生平所得意也。'"

张先《天仙子》词中的"云破月来花弄影"、《归朝欢·双调》词中的"娇柔懒起，帘幕卷花影"和《剪牡丹·舟中闻双琵琶》词中的"柳径无人，堕絮飞无影"皆有"影"字，使其获得了"张三影"的雅号。

苏东坡初到杭州时，张先已年逾八旬，早已致仕，往来于杭州、吴兴之间，以垂钓和诗词创作自娱，与正当壮年的苏东坡交游唱和，成为忘年之交。

一日，苏东坡与张先同游西湖，正值雨后初晴，明丽的晚霞映衬着湖光山色。湖面上一朵开过的荷花依然亭亭玉立。二人忽见湖心有一彩舟渐渐靠近，舟中有一女子风韵娴雅，正弹奏着哀伤的曲调，仿佛湘水女神在倾诉着自己的哀伤。一曲终了，人已翩然不见。苏东坡因作词《江城子》而记之。

凤凰山下雨初晴。水风清，晚霞明。一朵芙蕖，开过尚盈盈。何处飞来双白鹭，如有意，慕娉婷。
忽闻江上弄哀筝。苦含情，遣谁听。烟敛云收，依约是湘灵。欲待曲终寻问取，人不见，数峰青。

——苏轼《江城子·湖上与张先同赋时闻弹筝》

在词的尾句，苏东坡化用了唐代诗人钱起《省试湘灵鼓瑟》中的诗句"曲终人不见，江上数峰青"，把弹筝人置于淡妆浓抹总相宜的湖光山色中，使佳人与美景相映成趣，筝声与山水相得益彰。

同是《江城子》，苏东坡初仕杭州时的词作《江城子·湖上与张先同赋时闻弹筝》带有明显的婉约色彩，与后来在密州所作的《江城子·乙卯正月二十日夜记梦》《江城子·密州出猎》风格迥异。

张先一生诗酒风流，颇多佳话。相传张先在八十多岁时娶了十八岁的女子为妾，苏东坡为此曾赋诗一首：

> 锦里先生自笑狂，莫欺九尺鬓眉苍。
> 诗人老去莺莺在，公子归来燕燕忙。
> 柱下相君犹有齿，江南刺史已无肠。
> 平生谬作安昌客，略遣彭宣到后堂。

初仕杭州期间，苏东坡开始了词的创作，与张先的影响不无关系，因此其早期词作颇有婉约之风。《东坡乐府》中第一篇便是宋神宗熙宁五年（1072）在杭州通判任上所作的《浪淘沙》：

> 昨日出东城，试探春情。墙头红杏暗如倾。槛内群芳芽未吐，早已回春。
> 绮陌敛香尘，雪霁前村。东君用意不辞辛。料想春光先到处，吹绽梅英。

通判杭州的三年，苏东坡沉醉在杭州的湖光山色之中，流连忘返，慨叹"故乡无此好湖山"。在西子湖畔的望湖楼上，苏东坡曾写下《六月二十七日望湖楼醉书》，以"白雨跳珠乱入船"描写雨景，令人称绝。

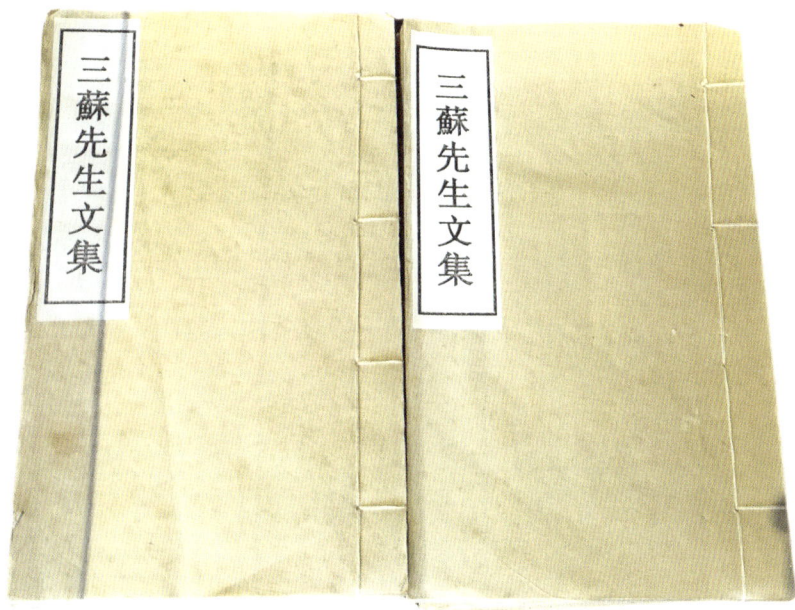

《三苏先生文集》　　明成化许仁眉山刻本　眉山三苏祠博物馆藏

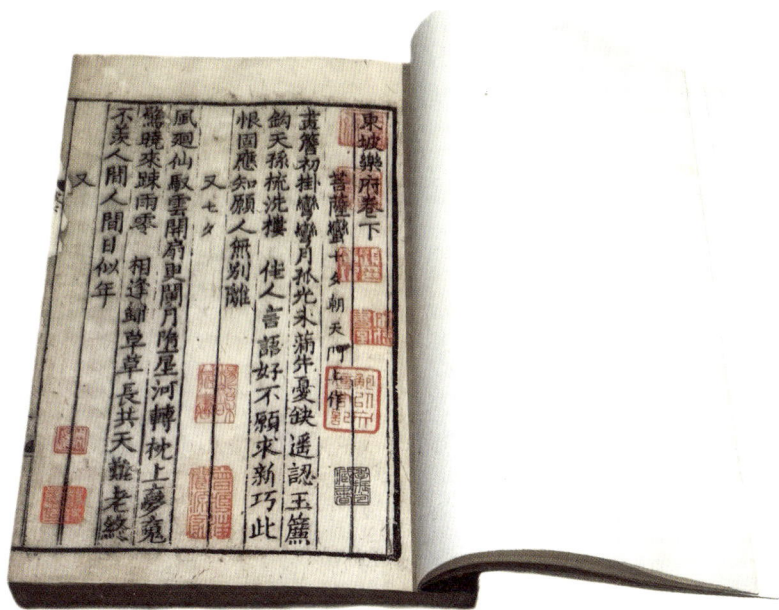

宋 苏轼《东坡乐府》二卷　　元仁宗延祐七年（1320）叶辰南阜书堂刻本 黄丕烈跋

此本为存世苏词最古、最重要的刻本。清光绪年间，王鹏云据以刻入《四印斋所刻词》。迭经文徵明、钱曾、季振宜、徐乾学、鲍廷博、黄丕烈、汪士钟、杨氏海源阁、周叔弢收藏。

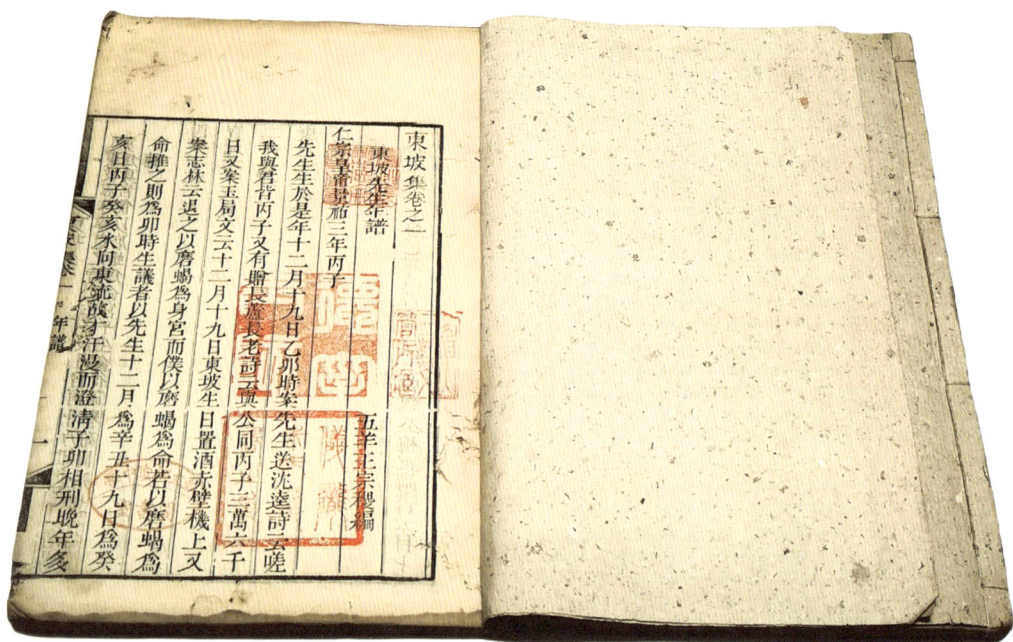

《三苏全集》　　清道光眉州三苏祠刻本 朱德藏本 眉山三苏祠博物馆藏

黑云翻墨未遮山，白雨跳珠乱入船。
卷地风来忽吹散，望湖楼下水如天。
——苏轼《六月二十七日望湖楼醉书》（其一）

未成小隐聊中隐，可得长闲胜暂闲。
我本无家更安往，故乡无此好湖山。
——苏轼《六月二十七日望湖楼醉书》（其五）

逆旅行人

西湖有幸，杭州有幸，有白居易和苏东坡两位大诗人曾经先后为杭州之父母官，为治理西湖做出过重要贡献，不仅为她留下了流传千古的诗词佳作，还留下了至今游人如织的人文胜迹。他们成就了西湖，西湖也成就了他们。杭州人民不仅为他们建祠立像，还以他们的姓氏来为胜迹命名。而今他们的名字连同白堤和苏堤一起见证着千百年来西湖的岁月沧桑。

清仁宗嘉庆三年（1798），为纪念白居易和苏东坡对杭州与西湖的贡献，在时任浙江学政阮元的提议下，当地人在孤山南麓建造了"白苏二公祠"。离开人潮汹涌的白堤、苏堤，来到并不起眼的白苏二公祠，世界一下子变得安静下来。现在的白苏二公祠是2005年重修、2010年重新开放的，院落不大，隐藏在西湖孤山南麓。正是"乱花渐欲迷人眼"的春意盎然时节，两位乐天知命的才子仿佛在对游人叙说着西湖的美景，吟诵着脍炙人口的诗句。

唐穆宗长庆二年（822），时年五十岁的白居易被任命为杭州刺史。在杭州刺史任内，他主持疏浚六井，以解饮水之困，并修堤蓄水以利灌溉。白居易作《钱塘湖石记》，记载修治西湖水利之策，并刻石置于湖边，供后人知晓。

西湖原本有一座"白沙堤"，白居易《钱塘湖春行》诗中便曾提到"最爱湖东行不足，绿杨阴里白沙堤"。后人为纪念白居易为西湖做出的贡献，遂将此堤命名为"白堤"。

孤山寺北贾亭西，水面初平云脚低。
几处早莺争暖树，谁家新燕啄春泥。
乱花渐欲迷人眼，浅草才能没马蹄。
最爱湖东行不足，绿杨阴里白沙堤。

——白居易《钱塘湖春行》

两百多年后，苏东坡循着白居易的足迹，两度来到杭州。

宋哲宗元祐四年（1089），在走过漫长而坎坷的十五年后，苏东坡以龙图阁学士、浙西路兵马钤辖、知杭州军州事的身份重回杭州。

正如他诗中所云"还来一醉西湖雨，不见跳珠十五年"，十五年前"白雨跳珠乱入船""望湖楼下水如天"的场景历历在目，而今物是人非，历尽世事沧桑的苏东坡已是知天命之年，距离金榜题名的少年时代已经过去三十余年，年华老去，不胜感慨。

苏东坡任杭州知州期间，组织疏浚西湖，利用浚挖的淤泥构筑成堤，由六座单孔半圆石拱桥相接，自南而北以西湖的湖光山色依次命名为映波、锁澜、望山、压堤、东浦、跨虹六桥，形成跨湖连通南北两岸的唯一通道，穿越整个西湖水域，成为观赏全湖景观的最佳地带。

苏东坡在诗中写道：

我在钱塘拓湖渌，大堤士女急昌丰。

六桥横绝天汉上，北山始与南屏通。

苏东坡的继任者为纪念其治理西湖的功绩，将此堤命名为"苏公堤"。这条堤岸如今已经成为西湖十景之首，名曰"苏堤春晓"。

后来清代乾隆皇帝下江南，对苏堤六桥赞叹不已，在北京清漪园（今颐和园）仿照苏堤六桥修建了西堤六桥。

白居易生前身后诗名远播，也是苏东坡最为推崇的前贤之一。白苏二人乐天知命，名扬四海，且文采比肩，命途相仿。苏东坡再度离别杭州之际曾说："平生自觉出处老少，粗似乐天，虽才名相远，而安分寡求，亦庶几焉。"

到处相逢是偶然，梦中相对各华颠。
还来一醉西湖雨，不见跳珠十五年。
　　——苏轼《与莫同年雨中饮湖上》

一别都门三改火，天涯踏尽红尘。依然一笑作春温。无波真古井，有节是秋筠。
惆怅孤帆连夜发，送行淡月微云。尊前不用翠眉颦。人生如逆旅，我亦是行人。
　　——苏轼《临江仙·送钱穆父》

苏东坡的诗词中多借用和化用前人作品，其中不乏白居易的诗句，并在其基础上创出新句绝句，青出于蓝而胜于蓝。

元祐初年，苏东坡在朝为起居舍人，钱勰（字穆父）为中书舍人，二人志趣相投，友谊甚笃，同为"元祐四友"。元祐六年（1091）春，钱穆父自越州（今浙江绍兴）徙知瀛洲（今河北河间）途经杭州，而此时苏东坡也将要离杭回京，遂以《临江仙》一词赠行。词中"无波真古井，有节是秋筠"系化用白居易《赠元稹》中的诗句"无波古井水，有节秋竹竿"来赞美钱穆父。词的末句"人生如逆旅，我亦是行人"，不仅表达了对故友的慰勉，充满依依惜别之情，也是苏东坡自己漂泊一生旷达胸怀的写照。

清 董邦达 《苏堤春晓》　台北故宫博物院藏

出处依稀似乐天，敢将衰朽较前贤。
便从洛社休官去，犹有闲居二十年。

——苏轼《予去杭十六年而复来，留二年而去。平生自觉出处老少，粗似乐天，虽才名相远，而安分寡求，亦庶几焉。三月六日，来别南北山诸道人，而下天竺惠净师以丑石赠行，作三绝句》（其二）

西湖寻踪

杭州苏东坡纪念馆位于苏堤南端的映波桥旁，主建筑是一幢翘角飞檐的二层仿古楼阁式建筑。纪念馆正门之上悬挂着苏氏后裔、当代数学家苏步青题写的"杭州苏东坡纪念馆"匾额。在纪念馆不远处苏堤入口左侧，矗立着一尊潇洒飘逸的苏东坡塑像，他昂首仰视，仿佛还在与杭城百姓诉说着眷眷情愫，常常引来游人合影留念。

西湖孤山人文古迹众多，不仅有纪念白居易、苏东坡的白苏二公祠，还有北宋著名隐逸诗人和靖先生林逋之墓。林逋生性孤高恬淡，隐居杭州西湖，结庐于孤山，常驾小舟遍游西湖诸寺，与高僧诗友往来。他终生不仕不娶，植梅养鹤，"以梅为妻，以鹤为子"，人称"梅妻鹤子"。

林逋《山园小梅二首》中"疏影横斜水清浅，暗香浮动月黄昏"之句，被誉为"千古咏梅绝唱"。其诗云：

> 众芳摇落独暄妍，占尽风情向小园。
> 疏影横斜水清浅，暗香浮动月黄昏。
> 霜禽欲下先偷眼，粉蝶如知合断魂。
> 幸有微吟可相狎，不须檀板共金樽。

多年以后，再次来到杭州的苏东坡读到林逋的《自书诗卷》，对其高洁人品与诗风书韵赞赏不已，遂于卷尾留下了《书林逋诗后》：

> 吴侬生长湖山曲，呼吸湖光饮山绿。
> 不论世外隐君子，佣儿贩妇皆冰玉。
> 先生可是绝俗人，神清骨冷无由俗。
> 我不识君曾梦见，瞳子了然光可烛。
> 遗篇妙字处处有，步绕西湖看不足。

宋 马远 《林和靖梅花图》　　日本东京国立博物馆藏

杭州西湖林逋墓

诗如东野不言寒，书似留台差少肉。

平生高节已难继，将死微言犹可录。

自言不作封禅书，更肯悲吟白头曲。

我笑吴人不好事，好作祠堂傍修竹。

不然配食水仙王，一盏寒泉荐秋菊。

苏东坡在杭州前后五年时间，留下过诸多题记碑刻，但大多随着岁月变迁而销声匿迹，不知所终。

听说《大麦岭摩崖题记》是杭州现存唯一的东坡手迹，我颇为欣喜，便急忙乘车前往寻访。按照导航，离开西湖后沿着三台山路一路前行，在空军杭州疗养院的马路对面，我幸运地找到了这一摩崖题记。

《大麦岭摩崖题记》系宋哲宗元祐五年（1090）苏东坡任杭州知州时，与友人同游天竺过麦岭时所题。这一仅有十五字（苏轼王瑜杨杰张璃同游天竺过麦岭）的题刻是杭州现存唯一可信的苏东坡题记原物，已被列为浙江省省级文物保护单位。虽然字迹模糊，但"苏轼"字样清晰可辨。

百年之后，南宋诗人陆游故地重游，为麦岭和西湖写下诗篇《次林伯玉侍郎韵赋西湖春游》，别后重寻之意与东坡颇有几分相仿。陆游诗云：

西湖一别不知年，陈迹重寻麦岭边。

山远往来双白鹭，波平俯仰两青天。

残骸自觉难支久，一笑相从亦宿缘。

旅食京华诗思尽，美公落笔思如泉。

而今在距西湖不远的一座名为"花家山庄"的花园式酒店里，有一尊古代东坡石像和今人为其建立的"东坡亭"。

东坡亭坐落在花家山庄的园中，来来往往的游人少有人关注到这座小亭。亭子系仿宋风格的歇山顶，匾额为当代著名书法家、曾任中国佛教协会主席的赵朴初先生所题（落款为"九十二叟赵朴初"）。亭中矗立着一座高大的苏东坡石像，他胸前持笏，庄重威严，气宇不凡。石像除嘴部破损、腰部有裂痕外，整体基本完好，是国内现存唯一的古代苏东坡石雕像。花家山庄在苏东坡的时代曾是"华严第一道场"慧因寺所在地，当年苏东坡任杭州知州时，挖掘寺旁赤山以筑湖堤，寺中僧人谓赤山乃寺左护龙沙，力谏不可，东坡遂许愿以身护法，湖堤才得以筑成。由此寺里伽蓝堂就有了苏东坡的护法像，也即是东坡亭的这座苏东坡石像。

慧因寺建于五代十国吴越国时期，始称慧因禅院。宋神宗元丰八年（1085），高丽国王文宗四子义天远涉重洋来华游方求法，拜师于慧因寺。由于义天法师的特殊身份，慧因寺俗称为高丽寺，一度成为宋朝与高丽文化交流的中心。

杭州大麦岭摩崖题记（局部）

　　苏东坡的诗名当时已传入高丽，高丽人对苏东坡推崇备至，将其视为谪仙，对其的喜爱远远超过对李白和杜甫的热爱。曾经在宋徽宗政和七年（1117）获得宾贡科第一名的高丽人权适有诗赞颂苏东坡曰：

　　　　　　苏子文章海外闻，宋朝天子火其文。
　　　　　　文章可使为灰烬，落落雄名安可焚。

　　在苏东坡去世后的最初十年间，由于元祐党籍碑的影响，凡是有苏东坡墨迹的碑刻悉数被毁，诗词文章亦被禁，此即权适所谓"宋朝天子火其文"。

杭州东坡亭

杭州东坡亭东坡护法像

第四章　但愿人长久，千里共婵娟

"但愿人长久，千里共婵娟"是中秋之夜最能打动人心的诗句，"中秋词，自东坡《水调歌头》一出，余词俱废"（南宋胡仔《苕溪渔隐丛话》）。北宋时的密州便是诞生这一千古绝唱的地方。

　　诸城是舜文化的发祥地，被誉为"舜帝之都"。西汉高后七年（前181）置县，因境内有东武山，故名东武县。北宋时为密州治所。苏东坡诗词中多次提及的"东武"便是这里。诸城历史上曾涌现出北宋画家张择端和现代诗人臧克家等名人。这是一座盛产诗人和画家的小城。多少年过去了，画家张择端笔下的大宋繁华在《清明上河图》里依旧栩栩如生；多少年过去了，诗人臧克家的诗依旧徜徉在我们的心中。

　　在当地名人馆里，他们至今仍被人们所景仰。这里潍水潋滟，常山连绵，超然台上诗文飘香。在大宋的繁华盛世里，苏东坡曾经在这里"把酒问青天"，"诗酒趁年华"，"聊发少年狂"。

　　在密州的两年，苏东坡诗词创作达到第一个高峰。他留下了《水调歌头·明月几时有》《江城子·乙卯正月二十日夜记梦》《江城子·密州出猎》《望江南·超然台作》《蝶恋花·密州上元》等诸多名篇，其中前三首流传千古的词作，被誉为"密州三曲"。

寂寞山城

宋神宗熙宁七年（1074），苏东坡结束杭州通判之任，来到位于山东半岛的密州担任知州。密州在当时属于偏僻荒凉之地，与杭州的繁华富庶相比，真是天壤之别。苏东坡有词云：

> 灯火钱塘三五夜。明月如霜，照见人如画。帐底吹笙香吐麝，更无一点尘随马。
> 寂寞山城人老也。击鼓吹箫，却入农桑社。火冷灯稀霜露下，昏昏雪意云垂野。

苏东坡不仅是"诗酒趁年华"的大文豪，还是"视官事如家事"的父母官。初到密州的苏东坡面临着旱灾蝗害交织、盗贼蜂起、民不聊生的复杂局面，虽正值壮年，却生出"寂寞山城人老也"的感叹。这是山城寂寞之叹，更是民生多艰之忧。针对肆虐的蝗灾，苏东坡上书朝廷，详细汇报灾情，并为民请命，请求朝廷豁免秋税；同时组织民众捕杀蝗虫，鼓励民众掘地清除虫卵，最终平息了蝗灾。

密州临海多风，沟渠又不留水，所以经常干旱成灾。在密州之南二十里有一山，虽不甚高大，但从山上俯视州城，州城如在山下；从城中望山，山如在城上。熙宁八年（1075）春夏，密州干旱，苏东坡两次前往常山祈雨，命人修葺常山庙。在庙门西南不远的地方，有一口泉，清凉滑甘，冬夏如一，泉水溢满流出，直到山下。苏东坡命人琢石为井，在井上建亭，名此泉为雩泉。

同年十月，苏东坡再次前往常山，归途中与同僚进行了会猎。此时，蝗旱交织的灾情基本杜绝，盗贼蜂起的局面大有改观，苏东坡治下的密州呈现出渐趋稳定富庶的局面。正值壮年的苏东坡，虽然远离政治中心，但第一次主政一方，以身许国、效力疆场的壮志犹存，他挥毫泼墨，写下了《江城子·密州出猎》：

> 老夫聊发少年狂。左牵黄，右擎苍。锦帽貂裘，千骑卷平冈。为报倾城随太
> 守，亲射虎，看孙郎。

酒酣胸胆尚开张。鬓微霜，又何妨。持节云中，何日遣冯唐。会挽雕弓如满月，西北望，射天狼。

对于《江城子·密州出猎》，苏东坡也颇为得意，他在给好友鲜于子骏的书信中写道："近却颇作小词，虽无柳七郎风味，亦自是一家。呵呵。数日前，猎于郊外，所获颇多，作得一阕，令东州壮士抵掌顿足而歌之，吹笛击鼓以为节，颇壮观也。"

由此发端，苏东坡开创了"自是一家"的豪放词派。

九百多年以后，我循着苏东坡的足迹来到诸城，来到常山，寻访东坡当年"聊发少年狂"之地。而今的常山依然远离城区，是节假日市民登山健身的去处。我从诸城城区驱车南行，辗转来到常山的南门。常山不甚高大，我很快便上了山。由于已是傍晚时分，山上几乎见不到人。

当到达雩泉亭的时候，天色已经漆黑。当年的常山庙早已无存，井上有亭，亭子南面两根石柱上依稀可辨出"山川不以人遇不遇而兴云雨，君子不以人知不知而敦道德"的对联。

在距离雩泉亭百米之外的地方，有一块石碑，正面镌刻着"东坡狩猎处"五个大字，背面镌刻着《江城子·密州出猎》的词句。此碑并不是东坡时代的历史遗物，而是诸城市政府于1999年所立。

此时的我已饥肠辘辘、步履维艰。黑漆漆的夜色，黑压压的林木，陌生的环境令我有一丝恐惧，我不由得加快了步伐寻找下山的道路。终于听到前方不远处有人在边走边聊，我赶快追了上去，原来是三位年轻的女士来爬山健身，正准备下山。我鼓起勇气请求她们把我带到停放车辆的南门。她们迟疑了一下，借着手机的微光，仔细打量了我一番，见我面色和善，言语诚恳，于是同意带我下山并开车送我到南门。

回到城区的时候已是灯火辉煌，我却兴致不减。由于未能拍摄清楚雩泉亭和东坡狩猎处的照片，我决定第二天早上再去常山。

翌日，天清气朗，惠风和畅。驻足常山之巅，诸城历历在目，诗香萦绕其间。

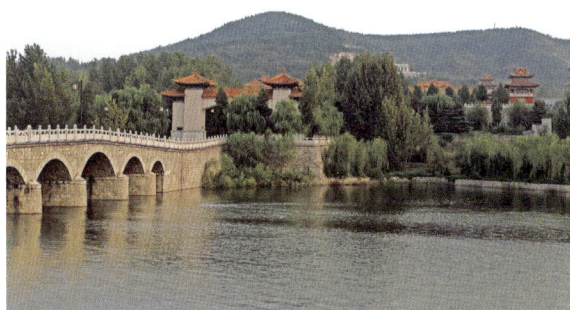
诸城常山

诸城常山雩泉亭

诸城常山"东坡狩猎处"碑

诗酒年华

北宋时的密州西北城墙上有废台，苏东坡担任密州知州后，命人增葺而成新台。苏辙作《超然台赋》以咏之，取《老子》中"虽有荣观，燕处超然"之意，命名为"超然台"。《超然台赋》引发苏东坡写下了著名的《超然台记》。

苏东坡在《超然台记》中写道："凡物皆有可观。苟有可观，皆有可乐，非必怪奇伟丽者也。""方是时，予弟子由，适在济南，闻而赋之，且名其台曰'超然'，以见余之无所往而不乐者，盖游于物之外也。"

苏东坡在超然台上写下了《望江南·超然台作》：

> 春未老，风细柳斜斜。试上超然台上看，半壕春水一城花。烟雨暗千家。
>
> 寒食后，酒醒却咨嗟。休对故人思故国，且将新火试新茶。诗酒趁年华。

历史上的超然台历经多次兵燹，屡次重修，2009年在旧址恢复重建。复建的超然台不收门票，没有配套商业，实在是出人意料。

当我拾级而上登临重建的超然台，举目远眺，苏东坡在《超然台记》中所描绘的"南望常山""北俯潍水"，都已成为一种奢望，尤其是马路斜对面一座二十多层的高楼矗立在超然台的西南方向，挡住了远眺常山的视线。

令人稍感欣慰的是台前有一个小型广场，使得超然台显得并不局促逼仄。面对略显空旷的广场，我想起在杭州西湖、惠州西湖等地所见过的苏东坡塑像，不禁有些怅然若失。

作为曾经为密州造福一方并在此留下诸多千古名篇的父母官，我想——诸城人民欠苏东坡一尊塑像，它应该矗立在超然台前的广场中央，成为诸城的标志性符号之一。

居然有幸被我言中，在我寻访苏东坡密州遗迹的翌年——2019年9月，一座名为"把酒问青天"的苏东坡大型雕像在诸城超然台广场落成。

熙宁九年（1076）中秋之夜，超然台上欢声笑语，月色撩人。苏东坡把酒临风，望月怀远，思念已经七年未曾谋面的弟弟苏辙，欢饮达旦，大醉，填就一阕《水调歌头》：

诸城超然台

人生烛上花，光灭巧妍尽。春风绕树头，日与化工进。只知雨露贪，不闻寒暑迫。当涂愤青蝇，雨深秋霞漂。山下村晓发，月魄无复坡。臻蔑金此一联漂，衣带终。崔嵬碎著草，夸皇天系星斗。俯手拥。

元祐八年七月十日 丹元复传此二诗

宋 苏轼 《李白仙诗卷》　宋哲宗元祐八年（1093）七月十日书于开封　日本大阪市立美术馆藏

　　明月几时有？把酒问青天。不知天上宫阙，今夕是何年。我欲乘风归去，又恐琼楼玉宇，高处不胜寒。起舞弄清影，何似在人间。

　　转朱阁，低绮户，照无眠。不应有恨，何事长向别时圆！人有悲欢离合，月有阴晴圆缺，此事古难全。但愿人长久，千里共婵娟。

　　虽然后世将苏东坡与辛弃疾并称为"苏辛"，同为豪放词派的代表人物，但正如王国维在《人间词话》中所说，"东坡之词旷，稼轩之词豪"，辛弃疾的词充满英雄豪气，而苏东坡的"豪放"更似李白。亦如刘熙载在《艺概》中所说，"东坡词颇似老杜诗，以其无意不可入，无事不可言也。若其豪放之致，则时与太白为近"，有几分仙风道骨的洒脱与不羁。

　　中秋望月，把酒临风。苏东坡和李白有着相似的感受，"高处不胜寒"与"对影成三人”一样，都有着深深的孤独。而苏东坡比李白幸运，他有弟弟子由（苏辙）可以思念，可以对谈，可以千里共婵娟，可以诗酒共华年。

子由是苏东坡生命中举足轻重的一个人。在苏东坡的青壮时期，母亲、夫人、父亲先后故去，弟弟子由便成了他唯一可以倾诉的亲人。二人既是兄弟，又是知音，夜雨对床，芝兰同芳，心心相系，惺惺相惜，何其幸也！这一对在文学史上举足轻重的双子星座的唱和酬答，诞生了多少光耀千秋的诗词文章。

千百年来，“但愿人长久，千里共婵娟”这一名句成为一切美好情感的寄托与祝愿。

人生有涯，文字不朽。人事代谢，明月千秋。

苏东坡有着致君尧舜的理想，也向往陶渊明式的世外桃源，更流连诗酒年华的人间。他身上有着道家和佛家出世的思想，也浸润着儒家的道德文章。苏东坡是复杂的、多面的、变化的，他一直活在人间，活在我们的身边。

半潭秋月

　　在波光粼粼的潍河之畔，高大宏伟的诸城博物馆像一只巨大的宝匣，珍藏着东武大地积累千百年的奇珍异宝。在诸城博物馆，我惊喜地发现苏东坡在密州曾使用过的两块砚洗（清洗砚台的石器）静静地沉睡在"石刻艺术陈列"展厅中央的玻璃柜里。其中一块有"砚洗"字样及"子瞻"题名，落款为"熙宁九年子瞻制"。另一块砚洗刻有"半潭秋月"字样以及"眉山苏轼"的落款。"半潭秋月"砚洗用淡绿色砂岩砾石制成，平面呈半圆形。正面外侧横刻有行书"半潭秋月"，左侧竖刻"眉山苏轼"的落款。砚洗背面依稀可见用隶书写成的跋文：

　　　　熙宁七年，余来守密，见此石于盖公堂故址西偏，埋没尘埃中，已作敝踪弃矣。余喜其质温润，稍为琢磨，改作砚洗，亦可为不次之擢。东坡又题，邑人刘庭式隶并镌。

　　苏东坡任职密州时尚未有"东坡居士"之号，因此推测上述跋文中出现的"东坡又题"当是多年之后赴任登州再次途经密州时所题。

　　读着这些历尽千年沧桑的文字，我眼前仿佛出现了苏东坡在《后杞菊赋》中所描绘的与同僚刘庭式（时任密州通判）一起"循古城废圃求杞菊食之"的画面。当年密州干旱少雨，苏东坡多次率下属和民众到常山祈雨，最终天降甘霖。苏东坡深知水之珍贵，因此他作诗赋词时，洗笔用水非常节省，砚洗中从不盛满水，每次只倒半潭。砚洗呈半圆形，状如半月。或许是某个夜晚，苏东坡举头仰望夜空，见众星拱月，低头见潭中月影婆娑，便提笔写就"半潭秋月"。

　　"大都好物不坚牢，彩云易散琉璃脆。""半潭秋月"砚洗命途多舛，曾流落民间多年，长期为诸城望族丁氏家传之物。三十多年前在诸城某村庄被发现时，砚洗已被丁氏后人在兄弟分家时断为两半，其中一半被当作猪食槽使用，令人不胜感慨唏嘘。

宋 "半潭秋月" 砚洗

以此进道常若渴，以此求进常若惊。

以此治财常思予，以此书狱常思生。

——苏轼《迈砚铭》

注：长子苏迈将去德兴任职县尉，苏轼赠砚并作铭文，教育儿子如何为官，其意谓：用着这方砚台，学习圣贤之道要精进若渴，求取仕途要保持警惕，治理财务要多想着让利于民，书写判状文书要想着多给人活路。

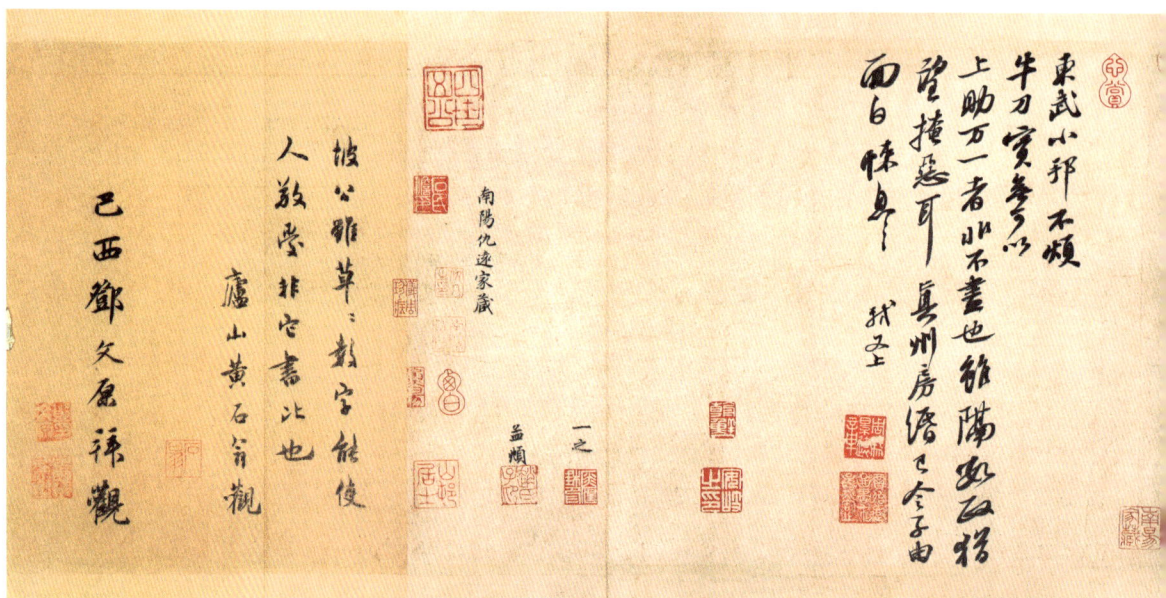

宋 苏轼《东武帖》　　宋哲宗元祐四年（1089）书于杭州 台北故宫博物院藏

第 五 章

明月明年何处看

2018年11月的佳士得香港秋拍中，压轴拍品《枯木怪石图》亮相，最终以超四亿元港币的价格成交，创下了当时中国古代绘画作品成交价的最高纪录。《枯木怪石图》的绘者便是苏东坡。创下最高拍卖价格纪录的书法作品则是苏轼门人黄庭坚的大字行书《砥柱铭》。此作在2010年北京保利夜场春拍中，经过七十余轮的激烈竞拍，亦拍出了超四亿元人民币的天价。

　　诗词、文章、书法之外，苏东坡在绘画方面也有很高的造诣，尤擅墨竹、怪石、枯木等。苏东坡的画作真迹流传至今很少，《枯木怪石图》便是其中之一。

　　宋神宗元丰元年（1078），时任徐州知州的苏东坡来到萧县拱翠堂（今圣泉寺），在此挥笔泼墨而就《枯木怪石图》。陈师道在其诗《拱翠亭》中记载了这一美事。他是"苏门六君子"之一，又是徐州人，应该所言不虚。诗曰：

千年茅竹蔽幽奇，一日堂成四海知。

便有文公来作记，尚须吾辈与题诗。

至人但有经行处，宝盖仍存朽老枝。

能事向来非促迫，经年安得便嫌迟。

　　《枯木怪石图》中枯木盘曲苍劲，正是苏东坡磊落胸襟和超凡气度的自然吐露。黄庭坚在其《题子瞻枯木》诗中赞曰：

折冲儒墨阵堂堂，书入颜杨鸿雁行。

胸中元自有丘壑，故作老木蟠风霜。

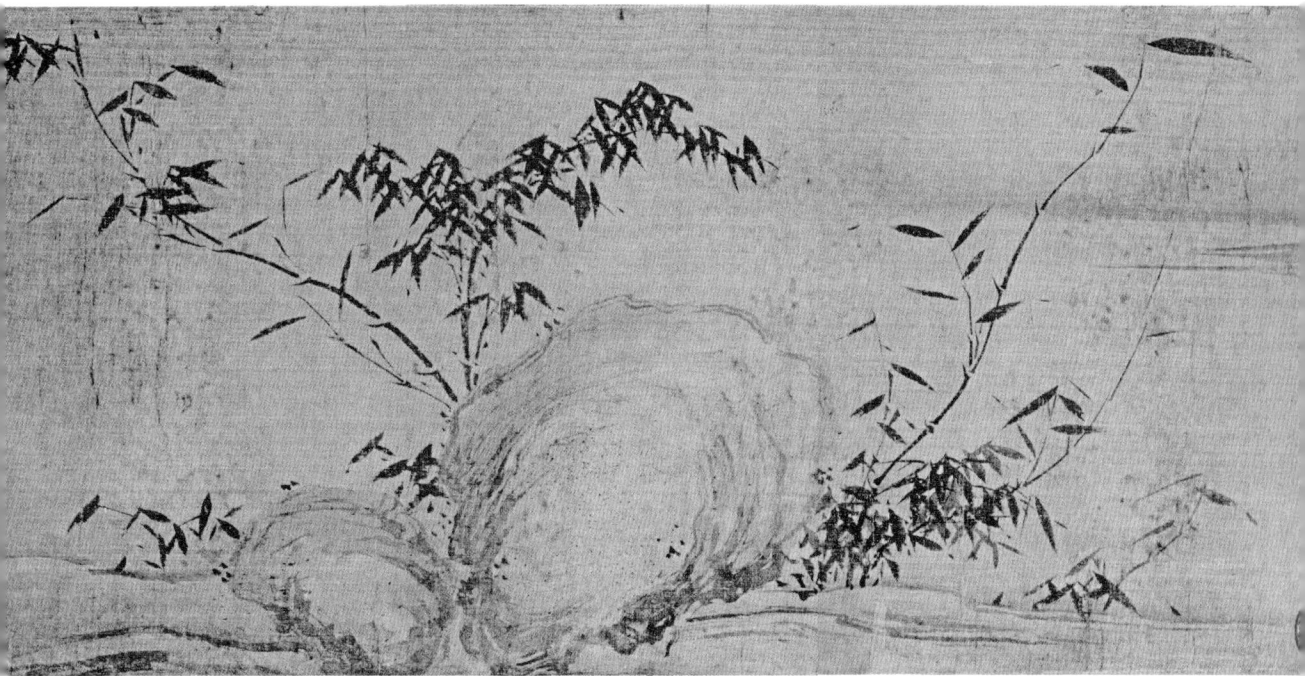

宋 苏轼 《潇湘竹石图》　　中国美术馆藏

该画以极富层次感的笔墨表现了近景拳石疏竹的雅逸清隽、远景山水的烟霭朦胧，让人在咫尺画幅内如阅千里江山，是以竹石山水寄托文人精神情怀的典范之作。1961年，邓拓以《燕山夜话》所得稿费，加上变卖了手中二十四幅古画所得的款项，从白坚夫手中购得此画，并写《苏东坡<潇湘竹石图卷>题跋》一文。1964年，邓拓将之捐献给中国美术馆。

　　朱子之诋苏子瞻，亦近人所不满也。……庆元己未（朱子七十岁）《跋张以道家藏东坡枯木怪石》云："其傲风霆、阅古今之气，犹足以想见其人。以道东西南北，未尝宁居，而能挟此以俱，宝玩无斁。此意已不凡矣。"又《跋陈光泽家藏东坡竹石》云："东坡老人，英秀后凋之操，坚确不移之姿，竹君石友，庶几似之。百世之下，观此画者，尚可想见也。"其推重东坡如此，与昔时大不同。……此宜以晚年为定论者也。

——陈澧《东塾读书记》

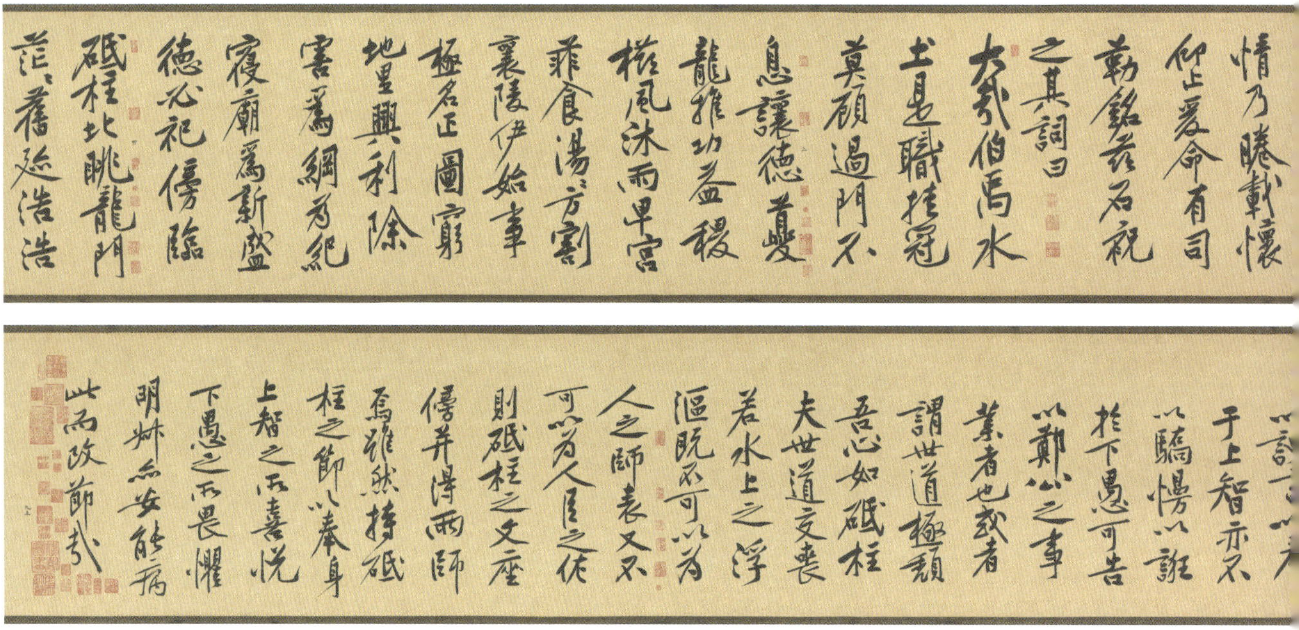

宋 黄庭坚《砥柱铭》 私人收藏

維十有一年
皇帝御天下
之十二載也道
被域中威加
海外六合同軌
荒有截功成
君定時和歲
阜越二月東
巡得至于洛
邑肆覲禮
畢玉鑾旋
軒度轘函之
陰跂予陝之地
緬惟列聖降
誰大河砥柱
之峯樂立大
禹之廟斯在
瞻弁端委
遠奕劉子焉
無聞猷玄符

長源勒斯銘
紀績與山河
而永存
魏公有愛
君之仁有
責難之義
其智足以
經世其德
足以胖物
平生欣慕
馬時為好
學者書之
忘其文之工
抬我但見其
嫵媚者也吾
夫楊明絆
知經術能
詩善屬文
連幹公家
如已事持

黄楼诗赋

对于同一个人物，正史和艺术史记载的重点常常会有不同。

苏东坡在徐州被史书着重书写的成就不是《枯木怪石图》，而是他率领军民抗洪治水、过家不入、保卫徐州城的事迹。

《宋史·苏轼传》中记载，黄河决口于曹村，泛于梁山泊，溢于南清河，汇于徐州城下，城中富民争出避难。苏东坡说，富民出城，民皆动摇，我与谁守城？我在这里，洪水决不能淹没徐州城。遂驱使富民回城。苏东坡前往武卫营，对卒长说，黄河危及徐州城，形势紧急，请禁军且为我尽力。卒长说，太守尚不避洪水，我等小人当效命。于是率其手下持畚锸出营，筑起东南长堤。雨日夜不止，苏东坡住在城墙之上，过家不入，使官吏分堵守城，最终保全了徐州城。

洪水退去，苏东坡在徐州城东门建起黄楼。苏辙的《黄楼赋》记载说："故水既去，而民益亲。于是即城之东门为大楼焉，垩以黄土，曰：土实胜水。"黄楼由此而得名。

黄楼始建于元丰元年（1078），历经水患兵燹，屡毁屡建。而今的黄楼重建于1988年，坐落于徐州市黄河故道与黄河南路之间一个不大而狭长的黄楼公园里，与"镇河铁牛"和"五省通衢坊"毗邻而立于黄河故道之畔。

不仅苏辙写过《黄楼赋》，苏门弟子秦观（字少

苏东坡在《九日黄楼作》诗中对率领军民抗洪治水、保卫徐州城的事迹也有描述：

去年重阳不可说，南城夜半千沤发。
水穿城下作雷鸣，泥满城头飞雨滑。
黄花白酒无人问，日暮归来洗靴袜。
岂知还复有今年，把盏对花容一呷。
莫嫌酒薄红粉陋，终胜泥中千柄锸。
黄楼新成壁未干，清河已落霜初杀。
朝来白雾如细雨，南山不见千寻刹。
楼前便作海茫茫，楼下空闻橹鸦轧。
薄寒中人老可畏，热酒浇肠气先压。
烟消日出见渔村，远水鳞鳞山鬐鬐。
诗人猛士杂龙虎，楚舞吴歌乱鹅鸭。
一杯相属君勿辞，此景何殊泛清霅。

徐州黄楼

楹联：江山信美黄楼千载雄三楚，人物风流赤县万民
忆二苏。

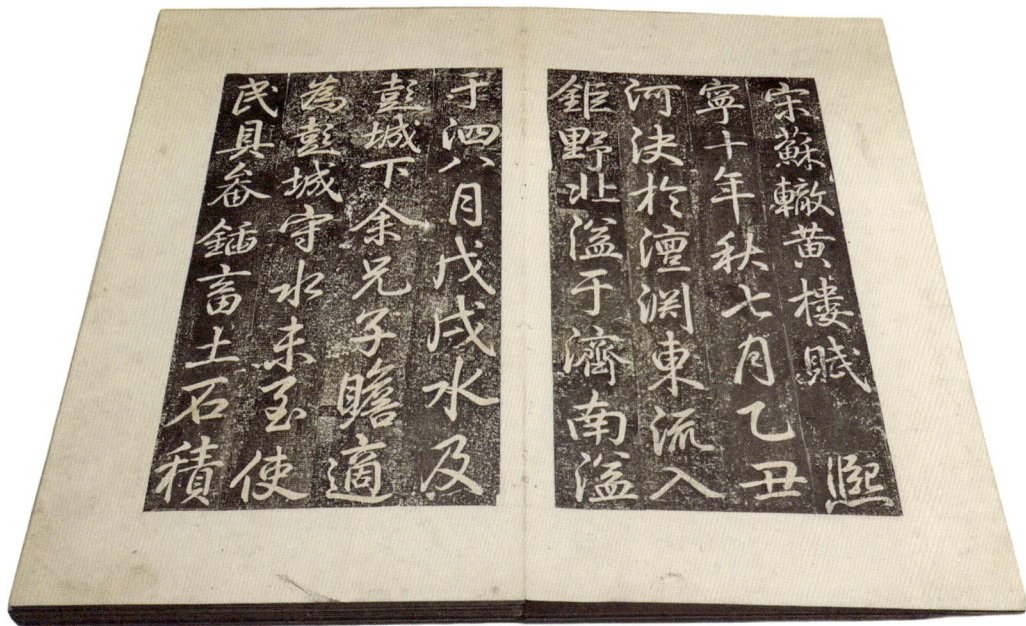

乾隆帝书苏辙《黄楼赋》拓本 辽宁省博物馆藏

游，又字太虚）也写过一篇《黄楼赋》。

熙宁十年（1077），苏东坡自密州移知徐州。秦观慕名前往拜谒，他化用李白在《与韩荆州书》中的诗句"生不用封万户侯，但愿一识韩荆州"，在《别子瞻》一诗中写道："我独不愿万户侯，惟愿一识苏徐州。"

秦观应苏东坡之请写了一篇《黄楼赋》，苏东坡激赏不已，将秦观比作屈原与宋玉——"雄辞杂今古，中有屈宋姿"。

民间传说苏东坡有个聪慧的妹妹苏小妹，明代冯梦龙的《醒世恒言》中有"苏小妹三难新郎（秦少游）"的故事。事实上苏东坡并没有妹妹。林语堂先生曾专门写过《苏小妹无其人考》（收入其《无所不谈合集》）一文考证过此事。秦观虽不是苏东坡的妹夫，不过这个传说从一个侧面可以说明秦观与苏东坡非同寻常的关系。

秦观结识苏东坡时尚未考取功名，在苏东坡的劝说下，他开始发奋读书，准备科考。然而命运不济，秦观几度名落孙山，直至元丰八年（1085）才金榜题名。元祐年间，秦观与黄庭坚等人同时供职史馆，其时师友过从甚密，留有西园雅集的佳话。后来秦观与苏东坡一同遭贬，一同南渡北归，病故于苏东坡病逝的前一年，令人唏嘘。

人生异趣各有求，系风捕影只怀忧。
我独不愿万户侯，惟愿一识苏徐州。
徐州英伟非人力，世有高名擅区域。
珠树三株讵可攀，玉海千寻真莫测。
一昨秋风动远情，便忆鲈鱼访洞庭。
芝兰不独庭中秀，松柏仍当雪后青。
故人持节过乡县，教以东来偿所愿。
天上麒麟昔漫闻，河东鸑鷟今才见。
不将俗物碍天真，北斗以南能几人。
八砖学士风标远，五马使君恩意新。
黄尘冥冥日月换，中有盈虚亦何算。
据龟食蛤暂相从，请结后期游汗漫。

——秦观《别子瞻》

我在黄楼上，欲作黄楼诗。
忽得故人书，中有黄楼词。
黄楼高十丈，下建五丈旗。
楚山以为城，泗水以为池。
我诗无杰句，万景骄莫随。
夫子独何妙，雨雹散雷椎。
雄辞杂今古，中有屈宋姿。
南山多磐石，清滑如流脂。
朱蜡为摹刻，细妙分毫厘。
佳处未易识，当有来者知。

——苏轼《太虚以黄楼赋见寄，作诗为谢》

君不見詩人借車無可載雖得一錢
何足賴晚年更似杜陵翁右臂雖存
耳先聵人將蟻動作牛鬪我覺風
雷真一噫閒塵掃盡根性空不須更枕
清流派大樸初散失混沌六鑿相攘更
朦壞眼花亂墜酒生風口業不傳詩亦
債君知五蘊此是賊人生一病今先差
但恐此心終未了不見不聞還是礙今君
疑我特佯聵故作嘲詩窮險怪怕須防
額痹生三丁黄放筆端風雨快

次韻秦太虛見戲耳聾

宋　苏轼　《次韵秦太虚见戏耳聋》　　宋神宗元丰二年（1079）书于湖州　台北故宫博物院藏

天涯倦客

在密州，苏东坡与弟弟子由多年不曾谋面，留下了"但愿人长久，千里共婵娟"的期待。在徐州，兄弟二人终于团聚，盘桓百余日而别。苏东坡为此写下了另一首《水调歌头》：

安石在东海，从事鬓惊秋。中年亲友难别，丝竹缓离愁。一旦功成名遂，准拟东还海道，扶病入西州。雅志困轩冕，遗恨寄沧洲。

岁云暮，须早计，要褐裘。故乡归去千里，佳处辄迟留。我醉歌时君和，醉倒须君扶我，惟酒可忘忧。一任刘玄德，相对卧高楼。

他在词前小序中写道："余去岁在东武，作《水调歌头》以寄子由。今年，子由相从彭门百余日，过中秋而去，作此曲以别。余以其语过悲，乃为和之。其意以不早退为戒，以退而相从之乐为慰云耳。"

一样的中秋，一样的《水调歌头》，却是不一样的心境。

在徐州，苏东坡还写过另外一首关于中秋的诗作《中秋月》：

暮云收尽溢清寒，银汉无声转玉盘。

此生此夜不长好，明月明年何处看。

明月如霜，好风如水，清景无限。曲港跳鱼，圆荷泻露，寂寞无人见。纨如三鼓，铿然一叶，黯黯梦云惊断。夜茫茫、重寻无处，觉来小园行遍。

天涯倦客，山中归路，望断故园心眼。燕子楼空，佳人何在，空锁楼中燕。古今如梦，何曾梦觉，但有旧欢新怨。异时对、黄楼夜景，为余浩叹。

——苏轼《永遇乐·彭城夜宿燕子楼》

此生此夜，明月明年。

林语堂先生说，才高如苏东坡，真正的人生也是从四十岁开始的。四十而不惑。苏东坡的不惑之年（按公历周岁计）始于徐州。四十岁前后的苏东坡，其词风的变化可以反映出他走向不惑的心路历程。

在湖光山色的杭州，他徜徉于诗酒年华中；在"火冷灯稀"的密州，他开启"自是一家"的创作；在"清景无限"的徐州，他发出了"天涯倦客"的慨叹。

徐州燕子楼曾有许多传说和故事。白居易的《燕子楼》三首使得关盼盼和燕子楼名声远扬。近三百年后，苏东坡夜宿燕子楼，梦盼盼，感梦抒怀，写下清丽脱俗的词作《永遇乐》。

徐州燕子楼

据《唐宋诸贤绝妙词选》记载："秦问先生近著，坡云：'亦有一词说楼上事。'乃举'燕子楼空，佳人何在，空锁楼中燕'。晁无咎在座云：'三句说尽张建封燕子楼一段事，奇哉！'"

《永遇乐》词中深沉的人生感慨包含了倦客与佳人、旧欢与新怨、现实与梦幻的交织缠绵，熔景、情、理于一炉，抒发了对人生的思考。其中"天涯倦客，山中归路，望断故园心眼"与《水调歌头》中"雅志困轩冕，遗恨寄沧洲"有着相似的心境。出处默语，聚散悲欢。人生的成熟在于经历和思考。苏东坡是个凡人，他有凡人的喜怒哀乐；苏东坡亦有非凡之处，他身在轩冕，心有雅志，梦系沧洲。古今如梦，世人何曾梦觉，而苏东坡在不惑之年已不再迷惑。

南宋末年，文天祥被俘北上，途经徐州凭吊燕子楼时也曾留下诗行，借盼盼而言志，抒发其报国豪情：

自别张公子，婵娟不下楼。

遂令楼上燕，百岁称风流。

我游彭城门，来吊楚王阙。

问楼在何处，城东草如雪。

蛾眉代不乏，埋没安足论。

因何张家妾，名与山川存。

自古皆有死，忠义长不没。

但传美人心，不说美人色。

而今的燕子楼是徐州市政府于1985年在云龙公园知春岛上所重建，楼为双层，上下回廊环绕，典雅秀丽、古朴大方，四面临水，水浮绿洲，楼前银杏树影婆娑，颇有当年"侍儿犹住水边楼"（宋陈荐《燕子楼》）的佳境韵致。

云山苏迹

《古文观止》收录了自东周至明代的文章二百余篇，入选作品皆为兼具思想性与艺术性的语言精练、便于记诵的佳作。其中便收录了苏东坡在徐州时所作的《放鹤亭记》。

苏东坡一生交游甚广，在徐州时与云龙山隐士张山人相交甚厚，《放鹤亭记》便记录了他与张山人的交游往来。

《放鹤亭记》开篇便道：

> 熙宁十年秋，彭城大水。云龙山人张君之草堂，水及其半扉。明年春，水落，迁于故居之东，东山之麓。升高而望，得异境焉，作亭于其上。彭城之山，冈岭四合，隐然如大环，独缺其西一面，而山人之亭，适当其缺。春夏之交，草木际天，秋冬雪月，千里一色。风雨晦明之间，俯仰百变。山人有二鹤，甚驯而善飞。旦则望西山之缺而放焉，纵其所如，或立于陂田，或翔于云表，暮则傃东山而归，故名之曰"放鹤亭"。

云龙山位于徐州市城南，"山出云气，蜿蜒如龙"，故名。云龙山海拔不高，只有一百多米，但自然风光秀美，人文古迹众多。

其一

鱼龙随水落，猿鹤喜君还。
旧隐丘墟外，新堂紫翠间。
野麋驯杖履，幽桂出榛菅。
洒扫门前路，山公亦爱山。

其二

万木锁云龙，天留与戴公。
路迷山向背，人在瀼西东。
荞麦余春雪，樱桃落晚风。
入城都不记，归路醉眠中。

——苏轼《访张山人得山中字二首》

徐州云龙山放鹤亭记碑

张山人，名天骥，自号云龙山人，隐居徐州城南云龙山，与苏东坡为友，性爱鹤，遂修放鹤亭、饮鹤泉。苏东坡在任徐州知州期间，与张山人多次登临云龙山，留下许多诗词佳句。

七百年后，喜欢游山玩水、舞文弄墨的乾隆皇帝来到徐州云龙山寻访苏东坡和张山人的遗迹。他在《游云龙山作》中写道：

> 彭城驻辇屡河防，咫尺云龙戏马旁。
>
> 本意原非是山水，偷闲聊复访苏张。
>
> 翠峰夏首关林叶，绿野风清泛麦芒。
>
> 底事今来艰迴句，为民筹济为民伤。

据说乾隆皇帝是中国古代写诗最多的人，保留至今的诗歌作品超过四万首，远远超过最高产的宋代诗人陆游的九千多首，接近收录了两千多位诗人的《全唐诗》作品之总和。当然这四万多首诗也许并非都是乾隆皇帝亲笔所写，估计大量作品是御用文人代笔之作，即使如此也令人惊叹不已。乾隆皇帝对于自己的诗歌成就是很满意的，在其晚年回顾一生的诗歌创作生涯时，他不无骄傲地说："余以望九之年，所积篇什几与全唐一代诗人篇什相垺，可不谓艺林佳话乎？"幸好文学史不是帝王将相所写，是"艺林佳话"还是"艺林笑话"，也并非皇帝所能钦定的。历代的文学史，几乎从无论述乾隆皇帝的诗歌作品，他在古代文学史上的地位，几近于无。钱锺书先生在《谈艺录》中评价说："清高宗（即乾隆皇帝）亦以文为诗，语助拖沓，令人作呕……兼酸与腐，极以文为诗之丑态者，为清高宗之六集。"

比起乾隆皇帝，苏东坡一生留下的诗词作品约三千首，不及其十分之一。其中诗两千七百首，词三百多首，而至今脍炙人口、家喻户晓的诗词却不可胜数。诗歌之优劣并不以诗人的身份为评判依据，无论帝王将相，还是布衣黔首，诗歌能否穿越时空被记录、被传诵，能否打动人心、引起共鸣，才是人们心中的那杆秤。

宋神宗元丰二年（1079），苏东坡由徐州移知湖州，临别徐州之时写下一首《江城子·别徐州》：

天涯流落思无穷。既相逢，却匆匆。携手佳人，和泪折残红。为问东风余几许，春纵在，与谁同？

隋堤三月水溶溶。背归鸿，去吴中。回首彭城，清泗与淮通。欲寄相思千点泪，流不到，楚江东。

离别之际，徐州的风物人情历历在目，无限留恋的离愁别绪之中融入了深沉的身世之感。此篇兼有李商隐《无题》诗中"相见时难别亦难，东风无力百花残……蓬山此去无多路，青鸟殷勤为探看"的意境，也有欧阳修《浪淘沙》词中"聚散苦匆匆，此恨无穷。今年花胜去年红。可惜明年花更好，知与谁同"的积郁愁思。

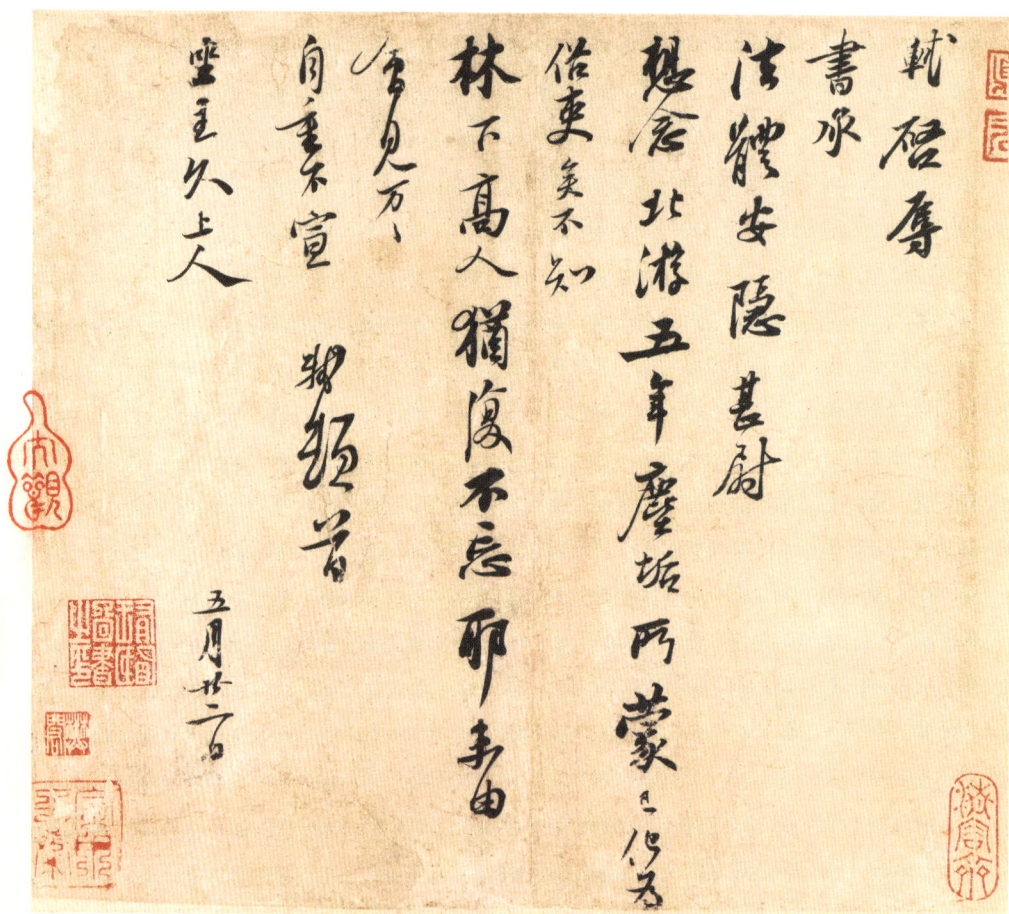

宋 苏轼 《北游帖》　　宋神宗元丰元年（1078）书于徐州 台北故宫博物院藏

第六章 一蓑烟雨任平生

　　以黄冈中学和"黄冈密卷"闻名全国的湖北黄冈，很难让人一下子与苏东坡联系在一起。而就是这个古称黄州的地方，诞生了"东坡居士"和"三咏赤壁"。在黄州城外的荒地上，苏轼躬耕于东坡，自号"东坡居士"，"苏东坡"这一光耀千秋的名字自此正式诞生了。在黄州，苏东坡泛舟于清风明月的赤壁之下，看"大江东去"，三咏赤壁，写下一词二赋——《念奴娇·赤壁怀古》《前赤壁赋》《后赤壁赋》，成为千古绝唱。在黄州寒食的苦雨中，苏东坡挥笔写下"天下第三行书"《寒食帖》。在黄州，苏东坡陷于人生的第一次低谷，却达到了其文学艺术的巅峰。

　　黄州成为苏东坡人生的分水岭。

名花幽独

在经历了"乌台诗案"不堪回首的牢狱之灾后，苏东坡被贬黄州。

宋神宗元丰三年（1080）正月初一，在千门万户的爆竹声里，在京城开封的漫天飞雪中，苏东坡在御史台差役的押送下，启程前往黄州。

春寒料峭，朵朵梅花傲立风雪中，却是"开自无聊落更愁"。艰难前行中的苏东坡不胜感慨，挥笔写下《梅花二首》。幸有潺潺流水、朵朵梅花和纷纷飞雪与苏东坡一路相伴，"不辞相送到黄州"。

二月初一，苏东坡来到了偏僻萧条的江边小城黄州。

苏东坡以检校水部员外郎、黄州团练副使的头衔来到黄州，而这两个头衔不过是个虚职，"本州安置、不得签书公事"则表明了其犯官的真实身份，即无权参与处理公务，限制居住，不得擅自离开本州（黄州）。

初到黄州，苏东坡见黄州城外竹林满山，大江奔流，念及二十载宦海沉浮，四处漂泊，而今从一州长官沦落为水部员外郎、团练副使，不胜悲凉。转念又想起唐朝诗人张籍也曾做过水部员外郎，苏东坡不免自我安慰一番，"诗人例作水曹郎"，"水曹郎"（水部员外郎）或许是诗人的惯例之职吧。

初到黄州，苏东坡没有地方居住，只得借黄州城里一座名为定惠院的寺庙暂住。苏东坡在给朋友的信中写道："我自从获罪以来，不敢与人交往，就算骨肉至亲，也没有书信

春来幽谷水潺潺，的皪梅花草棘间。
一夜东风吹石裂，半随飞雪渡关山。

何人把酒慰深幽？开自无聊落更愁。
幸有清溪三百曲，不辞相送到黄州。
——苏轼《梅花二首》

自笑平生为口忙，老来事业转荒唐。
长江绕郭知鱼美，好竹连山觉笋香。
逐客不妨员外置，诗人例作水曹郎。
只惭无补丝毫事，尚费官家压酒囊。
——苏轼《初到黄州》

往来。……初到黄州，除拜见太守外，便闭门不出。闲居免不了看看书，也只是以诵读佛经打发时间，很久没有动笔写东西了。"

初到黄州的苏东坡如惊弓之鸟，他整日闭门不出，睡觉，读书，到夜深人静，才一个人悄悄出门，在月色中策杖至江边，望江上云涛苍茫，不禁暗自神伤。

新旧党争使得苏东坡一生屡受文字所累。"乌台诗案"的阴影使苏东坡一度不敢动笔，但心中之郁积需要文字的抒发来完成自我的救赎。

此时的苏东坡以"幽人"自喻，写下了《定惠院寓居月夜偶出》和《卜算子·黄州定惠院寓居作》等诗词。

《卜算子》一词在幽静气象、万籁无声中，布满"缺月""疏桐""孤鸿""寒枝"等清冷的意象，"孤""独""寂寞"扑面而来，给人以强烈的冲击，字里行间满是诗人的苦闷与凄凉。

在其寓居的定惠院之东，杂花满山，苏东坡居然发现了故乡的名花——海棠，幽独地开放在竹篱和桃李之间。"流落"在这"江城""陋邦"，诗人以"名花"海棠来自比，或许是"造物有深意"，让诗人"幽独""在空谷"。

或许是老天有意让诗名远播的苏东坡从庙堂走向江湖，"天涯流落"之际，他却写下了更多打动人心的诗词文章。

缺月挂疏桐，漏断人初静。谁见幽人独往来，缥缈孤鸿影。

惊起却回头，有恨无人省。拣尽寒枝不肯栖，寂寞沙洲冷。

——苏轼《卜算子·黄州定惠院寓居作》

江城地瘴蕃草木，只有名花苦幽独。
嫣然一笑竹篱间，桃李漫山总粗俗。
也知造物有深意，故遣佳人在空谷。
自然富贵出天姿，不待金盘荐华屋。
朱唇得酒晕生脸，翠袖卷纱红映肉。
林深雾暗晓光迟，日暖风轻春睡足。
雨中有泪亦凄怆，月下无人更清淑。
先生食饱无一事，散步逍遥自扪腹。
不问人家与僧舍，拄杖敲门看修竹。
忽逢绝艳照衰朽，叹息无言揩病目。
陋邦何处得此花，无乃好事移西蜀。
寸根千里不易致，衔子飞来定鸿鹄。
天涯流落俱可念，为饮一樽歌此曲。
明朝酒醒还独来，雪落纷纷那忍触。

——苏轼《寓居定惠院之东，杂花满山，有海棠一株，土人不知贵也》

躬耕东坡

苏东坡初到黄州时仅有长子苏迈相随，而当一家老小二十余口来到黄州时，暂住的定惠院已无法容纳苏氏一家。在老友、鄂州知州朱寿昌的帮助下，苏东坡一家迁居到长江之滨的官府驿站——临皋亭居住。苏东坡在给朋友范百嘉（字子丰）的信中这样描绘临皋亭：

> 临皋亭下不数十步，便是大江，其半是峨眉雪水，吾饮食沐浴皆取焉，何必归乡哉！江山风月，本无常主，闲者便是主人。问范子丰新第园池，与此孰胜？所不如者，上无两税及助役钱耳。

苏东坡虽然仕宦多年，但平日里出手大方，并无多少积蓄，在黄州只有靠微薄的实物折支。一家老少的生计成为令苏东坡颇为头痛的问题。苏家精打细算，规定每天花费不超过150文钱，每月初一取出4500文钱，分为30份，挂在屋梁上，每天用叉子取下一份使用。当日用不完的存在竹筒中，以待宾客用。

这样虽然解决了生活的燃眉之急，但节流之法并不能解决根本问题，还必须在开源上做文章。

元丰四年（1081）春，老友马正卿为苏东坡争取到一块废弃的营地，有五十余亩，虽荆棘丛生、瓦砾遍地，但总算有了一块可供自力更生、养家糊口的自留地，只要辛勤开垦、躬耕其中，必有收成。这将成为苏东坡一家老小解决生计问题的"开源"之法。

苏东坡在《东坡八首并叙》中写道：

> 余至黄州二年，日以困匮。故人马正卿哀余之食，为于郡中请故营地数十亩，使得躬耕其中。地既久荒为茨棘瓦砾之场，而岁又大旱，垦辟之劳，筋力殆尽。释耒而叹，乃作是诗，自愍其勤，庶几来岁之入，以忘其劳焉！

此地位于黄州城东门外小山坡上。苏东坡于是仿效唐朝诗人白居易的忠州东坡，将此无论海角与天涯，大抵心安即是家。
路远谁能念乡曲，年深兼欲忘京华。
忠州且作三年计，种杏栽桃拟待花。

——白居易《种桃杏》

梦中了了醉中醒。只渊明，是前生。走遍人间，依旧却躬耕。
昨夜东坡春雨足，乌鹊喜，报新晴。
雪堂西畔暗泉鸣。北山倾，小溪横。南望亭丘，孤秀耸曾城。
都是斜川当日景，吾老矣，寄余龄。

——苏轼《江城子》

地亦取名为"东坡"，从此他躬耕于东坡，并自号"东坡居士"。由此，正式诞生了"苏东坡"这一家喻户晓、光耀千秋的名字。

南宋周必大在其《二老堂诗话》中道出了苏东坡的黄州东坡与白居易的忠州东坡的渊源：

> 白乐天为忠州刺史，有《东坡种花》二诗，又有《步东坡》诗云："朝上东坡步，夕上东坡步。东坡何所爱，爱此新成树。"本朝苏文忠公[①]不轻许可，独敬爱乐天，屡形诗篇。盖其文章皆主辞达，而忠厚好施，刚直尽言，与人有情，于物无著，大略相似。谪居黄州，始号东坡，其原必起于乐天忠州之作也。

唐宪宗元和十四年（819），白居易出任忠州（今重庆忠县）刺史，在忠州城东的山坡上种花植树，并命名此地为"东坡"。白居易在忠州写下《东坡种花二首》《步东坡》《种桃杏》等关于"东坡"的诗作。

白居易是苏东坡景仰的前贤之一，在诗歌方面也颇受其影响，有一些名句或多或少受到了白居易诗句的启发。后来苏东坡所写的"此心安处是吾乡"或许就是受到白居易在东坡《种桃杏》中的诗句"无论海角与天涯，大抵心安即是家"的启发。

陶渊明则是影响苏东坡后半生的另一位前贤。

春雪纷飞中，苏东坡在东坡建成五间屋舍，在正厅四壁画满雪景，并名之为"雪堂"。

---

① 苏轼谥号文忠。

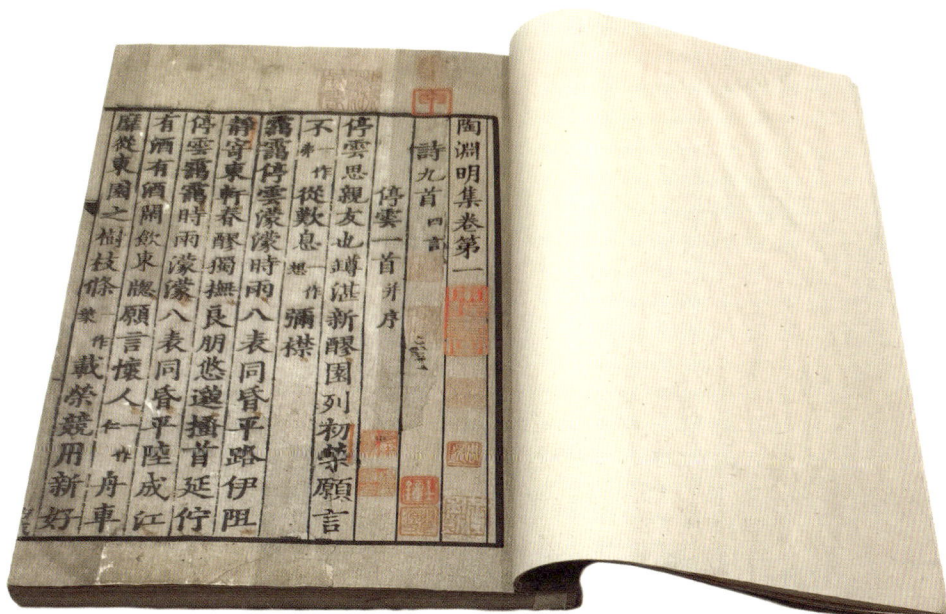

晋 陶渊明 《陶渊明集》　宋刻递修本

陶靖节（陶渊明）先生像（赵孟頫作）

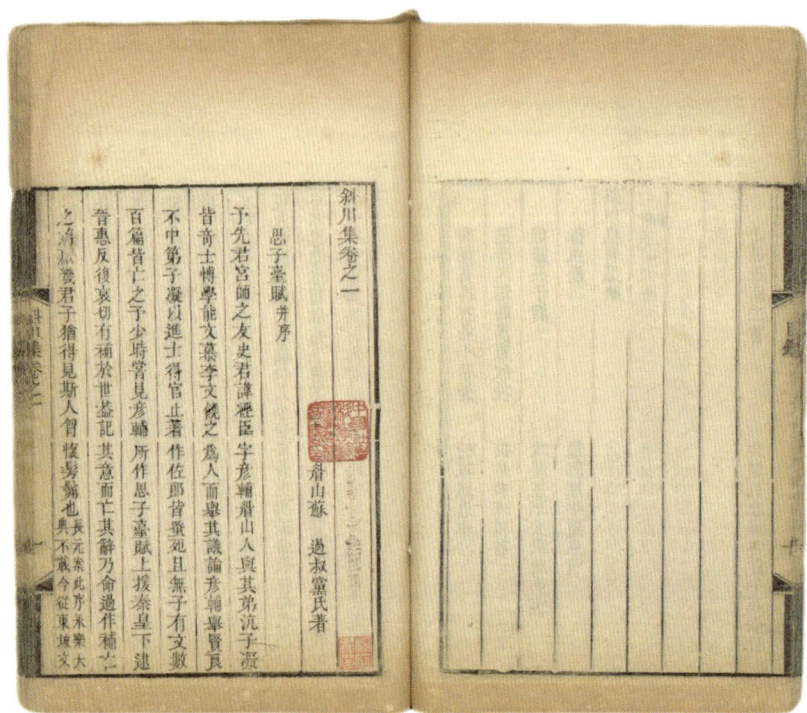

宋 苏过 《斜川集》   清道光六年刊本

苏东坡在雪堂宴请宾朋，怡然自得，常将"东坡"比作陶渊明的"斜川"，他在词中写道："只渊明，是前生。走遍人间，依旧却躬耕。"

苏东坡幼子苏过受其影响，亦十分仰慕陶渊明。他晚年移居颍昌（今河南许昌），营湖阴水竹数亩，名为"小斜川"，自号"斜川居士"，并名其所著为《斜川集》。

正如苏东坡在《和陶饮酒二十首》（其一）中所写"我不如陶生，世事缠绵之"，苏东坡做不到陶渊明式的出世隐居，他始终徘徊在入世与出世的矛盾之中。正因为徘徊于入世与出世的矛盾，在黄州的苏东坡也一直在痛苦与超脱的挣扎之中反复纠结。

一日，苏东坡与三五好友在雪堂夜饮畅谈后，醉意朦胧的他返回临皋亭的住处。夜深人静，家人都已沉睡，敲门无人应答。于是苏东坡策杖江边，此时明月当空，清风过耳，他不禁想起古时乘轻舟以浮于五湖的范蠡，于是，他对着浩浩荡荡的长江，高声吟诵起来：

宋 夏圭 《雪堂客话图》　　故宫博物院藏

夜饮东坡醒复醉，归来仿佛三更。家童鼻息已雷鸣。敲门都不应，倚杖听江声。

长恨此身非我有，何时忘却营营。夜阑风静縠纹平。小舟从此逝，江海寄余生。

在江渚上"惯看秋月春风"的"白发渔樵"口口相传，很快将这首词传遍了黄州城。

时任黄州知州徐君猷与苏东坡相交甚笃，一次听闻苏东坡挂冠服于江边，驾一叶扁舟而去，大吃一惊。苏东坡本应"本州安置"，不得擅离黄州，徐君猷作为太守负有监管之责，连忙带人前往临皋亭查看。此时苏东坡尚在梦中，鼾声如雷。徐太守长舒一口气，不禁哑然失笑。

寒食苦雨

古人云"天昏昏兮人郁郁",讲的是天气能够影响人的心情。现代医学研究表明,人的心情确实与天气相关。阴雨天气下光线较弱,影响人体的新陈代谢,细胞就会变得不活跃,因此人就会显得无精打采,郁郁寡欢。

元丰五年(1082)三月初四,寒食节。

寒食节的起源是一个令人心痛的故事。传说春秋时期晋国公子重耳为避祸而流亡在外多年,介子推始终追随左右,不离不弃。在介子推的辅佐下,重耳励精图治,成为一代名君晋文公。介子推不求利禄,与母亲归隐绵山,晋文公为迫其出山而令人放火烧山,介子推坚决不出,最终被焚而死。晋文公后来愧疚,下令在介子推死难之日禁火,只吃寒食,以寄哀思,这便是寒食节的由来。

唐朝诗人韩翃在《寒食》诗中写道:

> 春城无处不飞花,寒食东风御柳斜。
>
> 日暮汉宫传蜡烛,轻烟散入五侯家。

宋　苏轼　《寒食帖》　　宋神宗元丰五年(1082)书于黄州　台北故宫博物院藏

　　苏东坡在黄州的寒食节远没有唐诗中描绘的那样美好。这是苏东坡来到黄州的第三个年头。春雨连绵，如秋雨萧瑟。年华老去，而前途渺茫。苏东坡年少得志，出人头地，曾经被仁宗皇帝预言将是"太平宰相"，而今已奔向知天命之年，却沦落于江城陋邦，仿佛是在山野中零落成泥的幽独的海棠。风雨飘摇，饥寒交迫，长歌当哭，无限悲凉。苏东坡挥笔写下《寒食雨二首》：

自我来黄州，已过三寒食。

年年欲惜春，春去不容惜。

今年又苦雨，两月秋萧瑟。

卧闻海棠花，泥污燕脂雪。

暗中偷负去，夜半真有力。

何殊病少年，病起头已白。

春江欲入户，雨势来不已。

小屋如渔舟，濛濛水云里。

空庖煮寒菜，破灶烧湿苇。

那知是寒食，但见乌衔纸。

君门深九重，坟墓在万里。

也拟哭途穷，死灰吹不起。

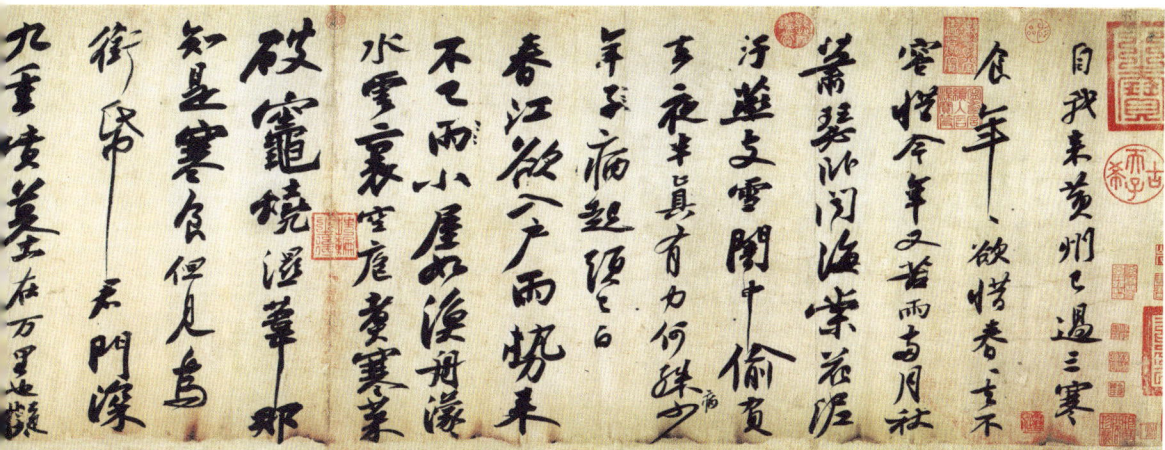

　　清代汪师韩在其《苏诗选评笺释》中评价此诗"极荒凉之境"，"固是长歌之悲"。这是苏东坡人生中的至暗时刻，却成就了苏东坡书法的绝世之作——《寒食帖》，元代书法家鲜于枢把它称为继王羲之《兰亭序》、颜真卿《祭侄文稿》之后的"天下第三行书"，明代书法家董其昌评其"是坡公之兰亭也"。

　　王羲之的"天下第一行书"《兰亭序》表现的是魏晋风流的悠游雅集，颜真卿的"天下第二行书"《祭侄文稿》表达的是痛失亲人的沉痛悲愤，而苏东坡的《寒食帖》则是表达了

　　书必有神、气、骨、血、肉，五者阙一，不为成书也。

　　书法备于正书，溢而为行草。未能正书，而能行草，犹未尝庄语，而辄放言，无是道也。

　　人貌有好丑，而君子小人之态，不可掩也；言有辩讷，而君子小人之气，不可欺也；书有工拙，而君子小人之心，不可乱也。

　　凡世之所贵，必贵其难。真书难于飘扬，草书难于严重，大字难于结密而无间，小字难于宽绰而有余。

　　把笔无定法，要使虚而宽。欧阳文忠公谓余，当使指运而腕不知，此语最妙。方其运也，左右前后，却不免敧侧，及其定也，上下如引绳，此之谓笔正。柳诚悬之言良是，古人得笔法有所自，张长史以剑器，容有是理，雷太简乃云闻江声而笔法进，文与可亦言见蛇斗而草书长，此殆谬矣。

　　献之少时学书，逸少从后取其笔而不可，知其长大必能名世。仆以为知书不在于笔牢，浩然听笔之所之，而不失法度，乃为得之。然逸少所以重其不可取者，独以其小儿子用意精至，猝然掩之，而意未始不在笔。不然，则是天下有力者，莫不能书也。

　　笔成冢，墨成池，不及羲之即献之；笔秃千管，墨磨万锭，不作张芝作索靖。

　　书初无意于佳乃佳尔。草书虽是积学乃成，然要是出于欲速。古人云，匆匆不及草书，此语非是。若匆匆不及，乃是平时亦有意于学，此弊之极，遂至于周越仲翼，无足怪者。吾书虽不甚佳，然自出新意，不践古人，是一快也。

　　王荆公书得无法之法，然不可学，无法故。仆书尽意作之似蔡君谟，稍得意似杨风子，更放似言法华。欧阳叔弼云：子书大似李北海。予亦自觉其如此。世或以为似徐书者，非也。

　　　　　　　　　　　　　　　　　　　　　　　　　　——苏东坡《论书》

　　霜降水痕收，浅碧鳞鳞露远洲。酒力渐消风力软，飕飕，破帽多情却恋头。

　　佳节若为酬，但把清尊断送秋。万事到头都是梦，休休，明日黄花蝶也愁。

　　　　　　　　　　　　　　　　　　　——苏轼《南乡子·重九涵辉楼呈徐君猷》

苏东坡谪居黄州时的悲凉愁闷。苏轼早年学"二王"，笔触精到，字态妩媚，早期代表作为《治平帖》；中年以后学颜真卿、杨凝式，朴厚圆劲，代表作之一即为《寒食帖》。

寒食苦雨，令苏东坡心生悲凉之意。重阳登高，苏东坡与徐太守会于涵辉楼（栖霞楼），念及明日黄花，苏东坡不禁触景生情，黯然神伤，感叹"万事到头都是梦"。

苏东坡谪居黄州时，与太守徐君猷相交甚笃，每年与徐太守会于涵辉楼。元丰五年（1082）重阳节，太守徐君猷即将离开黄州前往外地任职，苏东坡念此惘然，作《醉蓬莱》一词赠别：

> 笑劳生一梦，羁旅三年，又还重九。华发萧萧，对荒园搔首。赖有多情，好饮无事，似古人贤守。岁岁登高，年年落帽，物华依旧。
>
> 此会应须烂醉，仍把紫菊茱萸，细看重嗅。摇落霜风，有手栽双柳。来岁今朝，为我西顾，酹羽觞江口。会与州人，饮公遗爱，一江醇酎。

苏东坡另有《遗爱亭记》一文，也是为即将离任黄州的徐君猷而作：

> 何武所至，无赫赫名，去而人思之，此之谓遗爱。夫君子循理而动，理穷而止，应物而作，物去而复，夫何赫赫名之有哉！东海徐公君猷，以朝散郎为黄州，未尝怒也，而民不犯，未尝察也，而吏不欺，终日无事，啸咏而已。每岁之春，与眉阳子瞻游于安国寺，饮酒于竹间亭，撷亭下之茶，烹而饮之。公既去郡，寺僧继连请名。子瞻名之曰遗爱。

后来黄冈人民为纪念苏东坡，将城中的东湖、西湖、菱角湖合称为遗爱湖，还修建了遗爱湖公园，并重建"遗爱亭"于其中。

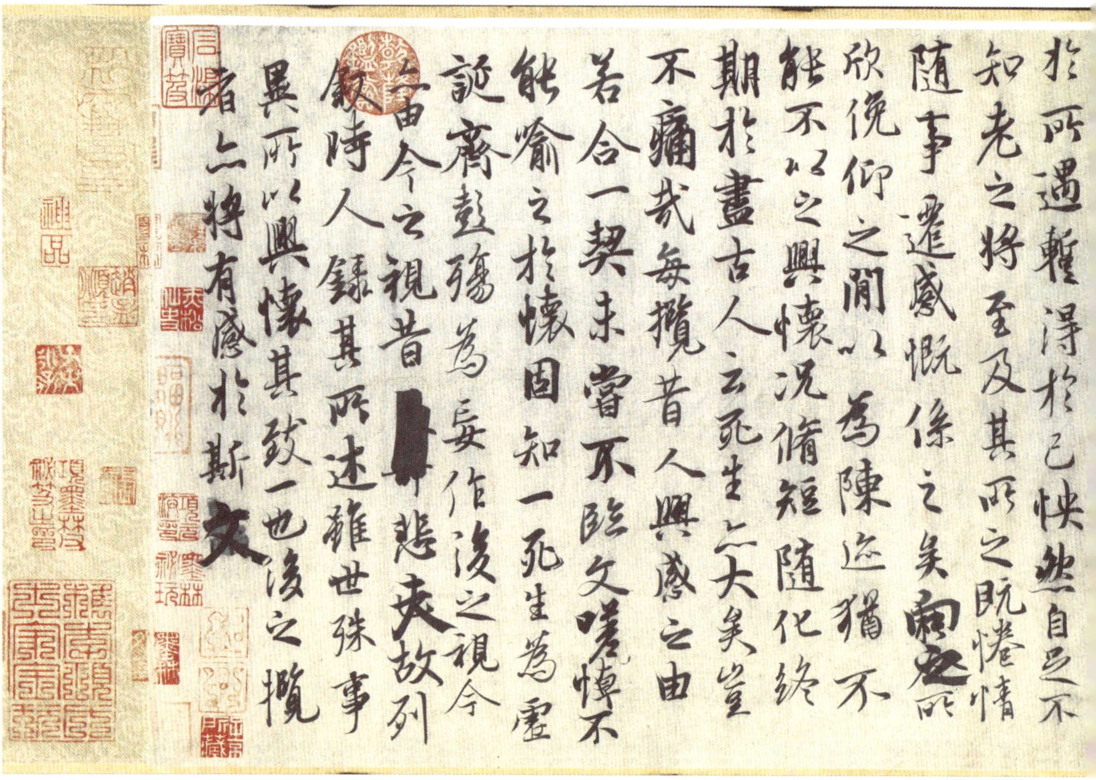

晋　王羲之　《兰亭序》　　冯承素神龙本　台北故宫博物院藏

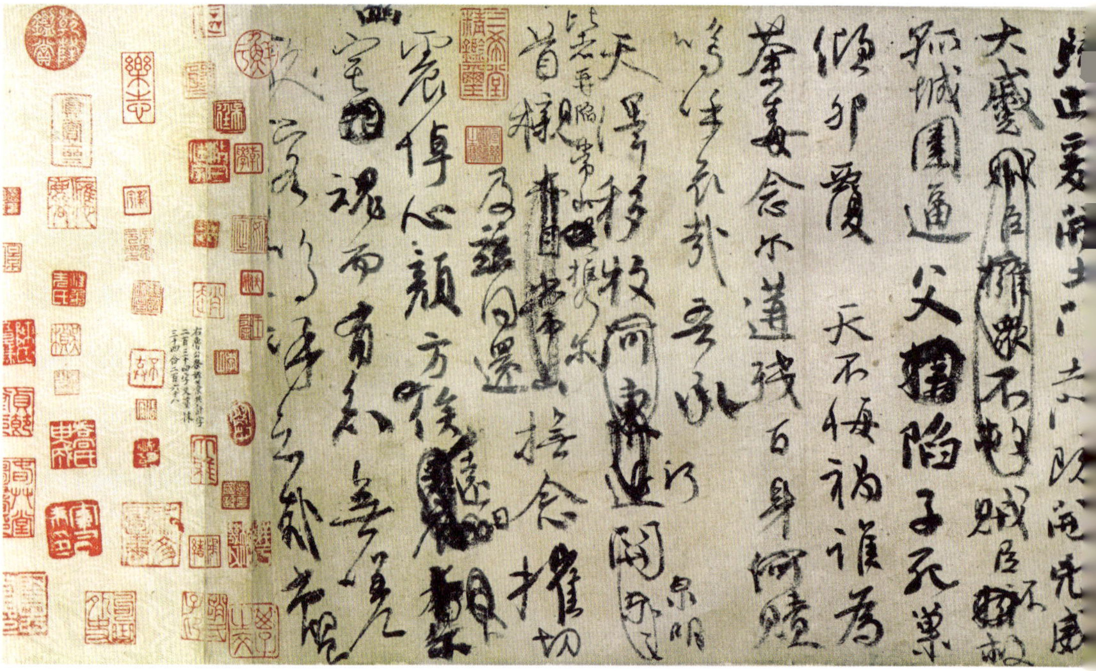

唐　颜真卿　《祭侄文稿》　　台北故宫博物院藏

永和九年歲在癸丑暮春之初會
于會稽山陰之蘭亭脩禊事
也群賢畢至少長咸集此地
有崇山峻領茂林脩竹又有清流激
湍暎帶左右引以為流觴曲水
列坐其次雖無絲竹管絃之
盛一觴一詠亦足以暢敘幽情
是日也天朗氣清惠風和暢仰
觀宇宙之大俯察品類之盛
所以遊目騁懷足以極視聽之
娛信可樂也夫人之相與俯仰
一世或取諸懷抱悟言一室之内
或因寄所託放浪形骸之外雖

顏魯公書祭姪帖

維乾元元年歲次戊戌九月庚
午朔三日壬申第十三叔銀青光祿
夫使持節蒲州諸軍事蒲州
刺史上輕車都尉丹陽縣開國
侯真卿以清酌庶羞祭於亡姪
贈贊善大夫季明之靈曰
惟爾挺生夙標幼德宗廟瑚璉
階庭蘭玉每慰人心方期戩穀
何圖逆賊間釁稱兵犯順爾父竭誠
常山作郡余時受命
亦在平

赤壁绝唱

世事变幻，沧海桑田。将近千年以后，无论是定惠院、临皋亭，还是东坡、雪堂，如今都已经湮没在黄冈的寻常巷陌中，不见了踪迹。只有东坡赤壁，因苏东坡的三咏赤壁而千百年来扬名四海，依然屹立在这座江边小城。

东坡赤壁，又名黄州赤壁、文赤壁，位于黄州古城西北汉川门外，现在是全国重点文物保护单位，国家AAAA级旅游景区。如今的东坡赤壁是一个面积不大的公园。由于历史上长江多次改道，东坡赤壁前已经没有大江流过，无法看到当年苏东坡词中描绘的"大江东去"的场景。站在并不高大的石矶前，凝望着眼前这一潭碧水，吟诵着东坡先生的《念奴娇·赤壁怀古》，我脑海中浮现出"乱石穿空，惊涛拍岸，卷起千堆雪"的壮丽景象。

北宋仁宗至神宗期间号称多士，大思想家、大政治家、大文学家项背相望，东坡先生挺生其间。既有理学名家周敦颐、邵雍、张载、程颐诸子，又有一代良相如韩琦、范仲淹、富弼、文彦博、司马光诸公。除范文正公稍早离世，未及相见，其余皆以国士相待。至政治而兼文学家者如曾巩、王安石，与东坡兄弟同出于欧阳修之门下。此一时诚亦可谓："江山如画，一时多少豪杰！"

在密州时，苏东坡写下《江城子·密州出猎》，开启了"自是一家"的豪放词派。在黄州，苏东坡把豪放词发扬光大，写下多首具有豪放风格的词作。而其中最为著名的便是《念奴娇·赤壁怀古》，被认为是豪放词派的代表作。

大江东去，浪淘尽、千古风流人物。故垒西边，人道是、三国周郎赤壁。乱石穿空，惊涛拍岸，卷起千堆雪。江山如画，一时多少豪杰！

遥想公瑾当年，小乔初嫁了，雄姿英发。羽扇纶巾，谈笑间、强虏灰飞烟灭。故国神游，多情应笑我，早生华发。人生如梦，一尊还酹江月。

——苏轼《念奴娇·赤壁怀古》

东坡赤壁内景

东坡赤壁

对联：客到黄州或从夏口西来武昌东去；
　　　天生赤壁不过周郎一炬苏子两游。

宋代胡仔的《苕溪渔隐丛话》评价道："东坡大江东去赤壁词，语意高妙，真古今绝唱。"
宋代俞文豹的《吹剑续录》则记载了关于苏东坡豪放词风与柳永婉约词风的评论：

　　东坡在玉堂，有幕士善讴，因问："我词比柳词何如？"对曰："柳郎中词只好合十七八女孩儿，执红牙拍板唱'杨柳岸，晓风残月'。学士词须关西大汉，执铁板唱'大江东去'。"公为之绝倒。

有人认为《念奴娇·赤壁怀古》中的赤壁并非历史上赤壁之战的真实发生地。赤壁之战的古战场到底在哪儿，至今没有权威的定论。更多的人则认为赤壁之战发生地不在湖北黄冈，而在湖北省蒲圻县（1998年更名为赤壁市），也被称为"武赤壁"。黄州赤壁则被称为"文赤壁"，因苏东坡之名而又被称为"东坡赤壁"。

苏东坡对于黄州赤壁是否为当年古战场似乎并不确定，他在词中说"人道是、三国周郎赤壁"，《东坡志林》亦言"黄州守居之数百步为赤壁，或言即周瑜破曹公处，不知果是否"。

苏东坡并非第一个使黄州赤壁闻名遐迩的人，在元丰五年（1082）苏东坡写下《念奴娇·赤壁怀古》之前四个甲子，也是一个壬戌年——唐武宗会昌二年（842），唐代诗人杜牧出任黄州刺史。在黄州，杜牧写过多首吟咏赤壁的诗作，其中最为有名的当属七言绝句《赤壁》：

> 折戟沉沙铁未销，自将磨洗认前朝。
>
> 东风不与周郎便，铜雀春深锁二乔。

在苏东坡吟咏赤壁将近百年之后，南宋两位诗人先后经过黄州赤壁，并有文字记载。范成大在《吴船录》中写道：

> 庚寅，发三江口。辰时过赤壁，泊黄州临皋亭下。赤壁，小赤土山也，未见所谓乱石穿空，及蒙茸巉岩之境。东坡词赋微夸焉。

陆游在《入蜀记》中写道：

> 楼下稍东即赤壁矶，亦茆冈尔，略无草木。故韩子苍待制诗云："岂有危巢与栖鹘，亦无陈迹但飞鸥。"此矶，图经及传者皆以为周公瑾败曹操之地，然江上多此名，不可考质。

在范成大和陆游的笔下，黄州赤壁不过是"小赤土山"或"茆冈"，也并未见到"乱石穿空"之境。时间不过百年，应该没有发生沧海桑田的巨变，想必苏东坡的《念奴娇·赤壁怀古》对赤壁的描写采用了一定的虚实结合。

在范成大和陆游经过黄州赤壁四十年后，另一位南宋诗人戴复古在黄州赤壁写下《满江红·赤壁怀古》：

> 赤壁矶头，一番过、一番怀古。想当时，周郎年少，气吞区宇。万骑临江貔虎噪，千艘列炬鱼龙怒。卷长波、一鼓困曹瞒，今如许。
>
> 江上渡，江边路。形胜地，兴亡处。览遗踪，胜读史书言语。几度东风吹世

换，千年往事随潮去。问道傍、杨柳为谁春，摇金缕。

戴复古曾从陆游学诗，一生不仕，读万卷书，行万里路，浪游江湖四十载，正如其词中所云："览遗踪，胜读史书言语。"南宋人黄升评价戴复古的《满江红·赤壁怀古》可与苏东坡的《念奴娇·赤壁怀古》"并行于世"。

清代《四库全书总目》中对戴复古此词评价甚高，认为并不逊于苏东坡的《念奴娇·赤壁怀古》："豪情壮采，实不减于轼。杨慎《词品》最赏之，宜矣。"

汉末三国这段百年历史在中国古代史中并不算长，但影响深远。有关三国的故事一直流传不绝。宋代孟元老《东京梦华录》有"霍四究，说三分"的说法，可见北宋"说三分"（即说三国故事）已是"说话"中的独立科目之一。元末明初，罗贯中在《三国志》等史书以及有关杂记、评话、戏曲基础上，写成《三国演义》这一长篇历史小说，成为古典小说四大名著之一。《三国演义》开篇词曰：

滚滚长江东逝水，浪花淘尽英雄。是非成败转头空：青山依旧在，几度夕阳红。

白发渔樵江渚上，惯看秋月春风。一壶浊酒喜相逢：古今多少事，都付笑谈中。

这是一首咏史的词，调寄《临江仙》，作者并非罗贯中，而是明代杨慎。明末清初的毛纶、毛宗岗父子对《三国演义》重新加以修订，把杨慎的这首《临江仙》放在了《三国演义》的开篇，从而使这首词流传极广。杨慎的《临江仙》也并非为赤壁和三国而作，而是其《廿一史弹词》第三段《说秦汉》的开场词。

作为咏史词，它与苏东坡的《念奴娇·赤壁怀古》和戴复古的《满江红·赤壁怀古》有所不同，它以一种宏大的历史观，超越了具体的历史事件和历史人物，试图在千百年来成败兴衰的历史长河中探寻永恒的价值和深刻的哲理，既有宏观的历史兴衰之感，也不乏微观的人生沉浮之慨，基调慷慨悲壮，读来荡气回肠。

据《明史·杨慎传》记载："杨慎，年二十四，殿试第一（状元），授翰林修撰……明世记诵之博，著作之富，推慎为第一。"明朝嘉靖三年（1524），当时正任翰林院修撰的杨慎因"大礼议"受廷杖，被削夺官爵，谪戍云南永昌卫，并终老于此。

晚明文坛代表人物李贽在《续焚书》中，把杨慎与李白和苏东坡并称为"仙"："升庵先生固是才学卓越，人品俊伟，然得弟读之，益光彩焕发，流光百世也。岷江不出人则已，一出人则为李谪仙、苏坡仙、杨戍仙，为唐代、宋代并我朝特出，可怪也哉！"

元丰五年（1082）的苏东坡一直在痛苦与超脱之间摇摆、挣扎。

七月既望（十六），苏东坡与道士杨世昌等友人泛舟游于水波不兴的赤壁之下，在江上清风中、山间明月下，诵明月之诗，歌窈窕之章，又写下一篇流传千古的雄文——《赤壁赋》：

　　壬戌之秋，七月既望，苏子与客泛舟游于赤壁之下。清风徐来，水波不兴。举酒属客，诵明月之诗，歌窈窕之章。少焉，月出于东山之上，徘徊于斗牛之间。白露横江，水光接天。纵一苇之所如，凌万顷之茫然。浩浩乎如冯虚御风，而不知其所止，飘飘乎如遗世独立，羽化而登仙。

　　于是饮酒乐甚，扣舷而歌之。歌曰："桂棹兮兰桨，击空明兮溯流光。渺渺兮予怀，望美人兮天一方。"客有吹洞箫者，倚歌而和之。其声呜呜然，如怨如慕，如泣如诉。余音袅袅，不绝如缕。舞幽壑之潜蛟，泣孤舟之嫠妇。

　　苏子愀然，正襟危坐而问客曰："何为其然也？"客曰："'月明星稀，乌鹊南飞。'此非曹孟德之诗乎？西望夏口，东望武昌。山川相缪，郁乎苍苍。此非孟德之困于周郎者乎？方其破荆州，下江陵，顺流而东也，舳舻千里，旌旗蔽空，酾酒临江，横槊赋诗，固一世之雄也，而今安在哉？况吾与子渔樵于江渚之上，侣鱼虾而友麋鹿。驾一叶之扁舟，举匏樽以相属。寄蜉蝣于天地，渺沧海之一粟。哀吾生之须臾，羡长江之无穷。挟飞仙以遨游，抱明月而长终。知不可乎骤得，托遗响于悲风。"

　　苏子曰："客亦知夫水与月乎？逝者如斯，而未尝往也。盈虚者如彼，而卒莫消长也。盖将自其变者而观之，则天地曾不能以一瞬；自其不变者而观之，则物与我皆无尽也，而又何羡乎？且夫天地之间，物各有主。苟非吾之所有，虽一毫而莫取。惟江上之清风，与山间之明月，耳得之而为声，目遇之而成色，取之无禁，用之不竭，是造物者之无尽藏也，而吾与子之所共适。"客喜而笑，洗盏更酌。肴核既尽，杯盘狼籍。相与枕藉乎舟中，不知东方之既白。

苏东坡在经历失落与痛苦之后，走出了"哀吾生之须臾"之悲，上升到超脱旷达之乐。这是一个智者在苦难中的超越。苏东坡在赤壁的清风明月中找到了最好的心灵安放之所。

　　翌年，苏东坡应友人傅尧俞（字钦之）之请，亲笔书写《赤壁赋》，留下中国书法史上的又一千古佳作。

　　元丰五年（1082）十月之望，苏东坡自雪堂归于临皋亭，月白风清，如此良夜，遂与友人复游于赤壁之下。苏东坡又写下壮阔豁达的《后赤壁赋》：

　　　　是岁十月之望，步自雪堂，将归于临皋。二客从予，过黄泥之坂。霜露既降，木叶尽脱。人影在地，仰见明月。顾而乐之，行歌相答。已而叹曰："有客无酒，有酒无肴，月白风清，如此良夜何？"客曰："今者薄暮，举网得鱼，巨口细鳞，状似松江之鲈，顾安所得酒乎？"归而谋诸妇。妇曰："我有斗酒，藏之久矣，以待子不时之须。"于是携酒与鱼，复游于赤壁之下。江流有声，断岸千尺。山高月小，水落石出。曾日月之几何，而江山不可复识矣。予乃摄衣而上，履巉岩，披蒙茸。踞虎豹，登虬龙。攀栖鹘之危巢，俯冯夷之幽宫。盖二客不能从焉。划然长啸，草木震动。山鸣谷应，风起水涌。予亦悄然而悲，肃然而恐，凛乎其不可留也。反而登舟，放乎中流，听其所止而休焉。时夜将半，四顾寂寥。适有孤鹤，横江东来，翅如车轮，玄裳缟衣，戛然长鸣，掠予舟而西也。须臾客去，予亦就睡，梦一道士，羽衣翩跹，过临皋之下，揖予而言曰："赤壁之游乐乎？"问其姓名，俯而不答。呜呼！噫嘻！我知之矣。畴昔之夜，飞鸣而过我者，非子也耶？道士顾笑，予亦惊悟。开户视之，不见其处。

余懷望美人兮天一方客有
吹洞簫者倚歌而和之其
聲嗚嗚然如怨如慕如
泣如訴餘音嫋嫋不絕如
縷舞幽壑之潛蛟泣孤
舟之嫠婦蘇子愀然正
襟危坐而問客曰何為其
然也客曰月明星稀烏鵲
南飛此非曹孟德之詩乎
西望夏口東望武昌山川
相繆鬱乎蒼蒼此非孟德
之困於周郎者乎方其破
荊州下江陵順流而東也
舳艫千里旌旗蔽空釃
酒臨江橫槊賦詩固一世
之雄也而今安在哉況吾與
子漁樵於江渚之上侶魚
鰕而友麋鹿駕一葉之扁

而吾
阮畫杯盤狼籍相與枕
藉乎舟中不知東方之既
白

軾去歲作此賦未嘗
輕出以示人見者蓋一
二人而已
欽之有使至求近文
益觀書以寄去雖
畏事
欽之愛我必深藏之
不出也又有後赤壁
賦筆倦未能寫當
候後信軾白

宋 苏轼 《赤壁赋》　　宋神宗元丰六年（1083）书于黄州 台北故宫博物院藏

赤壁賦

壬戌之秋七月既望蘇子與
客泛舟游于赤壁之下清風
徐來水波不興
誦明月之詩
舉酒屬客
歌窈窕之章
少焉月出於東山之上徘徊
於斗牛之間白露橫江水
光接天縱一葦之所如凌
萬頃之茫然浩浩乎如馮虛
御風而不知其所止飄飄
乎如遺世獨立羽化而登僊
於是飲酒樂甚扣舷而

舟舉匏罇以相屬寄蜉
蝣於天地渺浮海之一粟
哀吾生之須臾羨長江之
無窮挾飛仙以遨遊抱
明月而長終知不可乎驟
得託遺響於悲風蘇子
曰客亦知夫水與月乎逝者
如斯而未嘗往也盈虛者
如彼而卒莫消長也蓋將
自其變者而觀之則天地
曾不能以一瞬自其不變
者而觀之則物與我皆無
盡也而又何羨乎且夫天地
之間物各有主苟非吾之
所有雖一毫而莫取惟
江上之清風與山間之明
月耳得之而為聲目遇
之而成色取之無禁用之
不竭是造物者之無盡藏

宋 赵昚章草书《后赤壁赋》 辽宁省博物馆藏

是歲十月之望，步自雪堂，將歸于臨皋。二客從予過黃泥之坂。霜露既降，木葉盡脫，人影在地，仰見明月，顧而樂之，行歌相答。已而歎曰：有客無酒，有酒無肴，月白風清，如此良夜何！客曰：今者薄暮，舉網得魚，巨口細鱗，狀如松江之鱸。顧安所得酒乎？歸而謀諸婦。婦曰：我有斗酒，藏之久矣，以待子不時之需。於是攜酒與魚，復遊於赤壁之下。江流有聲，斷岸千尺，山高月小，水落石出，曾日月之幾何，而江山不可復識矣。予乃攝衣而上，履巉岩，披蒙茸，踞虎豹，登虬龍，攀栖鶻之危巢，俯馮夷之幽宮

金　武元直　《赤壁图》　　台北故宫博物院藏

明 仇英 《赤壁图》　私人收藏

吟啸徐行

如果说《念奴娇·赤壁怀古》的字里行间还写着失落与痛苦，那么《定风波·莫听穿林打叶声》中的苏东坡则是在一蓑烟雨中吟啸徐行，走向"也无风雨也无晴"的旷达与超脱。

元丰五年（1082）的春天，在春雨连绵的寒食节后数日，苏东坡与朋友前往黄州东南三十里外的沙湖相田。途中风云突变，阵雨袭来，令苏东坡与朋友浑身湿透，狼狈不堪。苏东坡却并不介意，他持竹杖，着草鞋，信步前行。很快雨过天晴，望着山头余晖，回首萧瑟来路，苏东坡于是高声吟诵起来：

黄冈苏东坡纪念馆苏东坡塑像

　　莫听穿林打叶声，何妨吟啸且徐行。竹杖芒鞋轻胜马，谁怕？一蓑烟雨任平生。

　　料峭春风吹酒醒，微冷，山头斜照却相迎。回首向来萧瑟处，归去，也无风雨也无晴。

这风雨既是自然的风雨，又是人生的风雨。我们阻挡不了风雨的来临，却可以选择如何面对风雨、如何超然风雨。宠辱不惊，物我两忘，"一蓑烟雨任平生"，这是苏东坡坦荡旷达的人生态度的最好表达。

在历代的诗话和名家点评中，此首《定风波》也许没有《水调歌头·明月几时有》《念奴娇·赤壁怀古》等诗词受人关注，而今却成为体现苏东坡豪放旷达精神的代表作。

在黄冈苏东坡纪念馆的院落里，一片稀疏的竹林中，只见东坡先生身披斗笠蓑衣，手拿竹杖，脚穿芒鞋，作吟啸徐行之状。堂中悬挂着当代著名书法家启功先生题写的"坚韧

旷达、爱国忧民"八个大字。

由于在春寒料峭的冷雨中受了风寒，苏东坡的左臂肿痛起来。在当地擅长针灸的名医庞安常的医治下，苏东坡的左臂很快痊愈。二人因此结缘，成为好友。苏东坡病愈后，二人同游蕲水（今黄冈浠水）县的清泉寺。寺中泉水清洌，传说是当年王羲之洗笔之处，寺临兰溪，溪水西流，兰草丛生，景致幽静。神州大地西高东低，江河大多东流，正如汉诗中所云"百川东到海，何时复西归"，而清泉寺溪水西流，十分罕见。

既然溪水可以西流，人生难道不能再回青春吗？于是苏东坡提笔写下一首《浣溪沙》：

> 山下兰芽短浸溪，松间沙路净无泥，萧萧暮雨子规啼。
> 谁道人生无再少？门前流水尚能西，休将白发唱黄鸡。

当日，二人开怀畅饮。已是明月当空、夜深人静，苏东坡意犹未尽，于是信马由缰，踏春赏月，醉眠于溪桥之上。酒醒时分，已是天光大亮，苏东坡见乱山攒拥，流水锵然，疑非尘世，遂手书《西江月》一首于桥柱之上：

> 照野弥弥浅浪，横空隐隐层霄。障泥未解玉骢骄，我欲醉眠芳草。
> 可惜一溪风月，莫教踏碎琼瑶。解鞍欹枕绿杨桥，杜宇一声春晓。

在黄州，在那个文学史上不平凡的壬戌年（元丰五年）的中秋，苏东坡写下《念奴娇·中秋》：

> 凭高眺远，见长空万里，云无留迹。桂魄飞来光射处，冷浸一天秋碧。玉宇
> 琼楼，乘鸾来去，人在清凉国。江山如画，望中烟树历历。
> 我醉拍手狂歌，举怀邀月，对影成三客。起舞徘徊风露下，今夕不知何夕。
> 便欲乘风，翻然归去，何用骑鹏翼。水晶宫里，一声吹断横笛。

此词与其在密州任职时所写《水调歌头·明月几时有》的异同，颇值得玩味。杨慎评价此词说："东坡中秋词，《水调歌头》第一，此词第二。"经历了三年的谪居生活，在壬戌年的中秋明月之下，苏东坡凭高远眺，见长空万里，云无留迹，心情不禁豁然开朗，愁闷与抑郁不平之气渐渐随风而去。

作个闲人

　　生活是复杂多面的，不仅有痛苦、有欢乐，更多的是无数个平淡的日子。在黄州那些平淡的日子里，苏东坡结交志同道合的朋友，深入柴米油盐的烟火气中。既然"不得签书公事"，那就不妨"作个闲人"。他与贬居于此的张怀民（字梦得，一字偓佺）夜游承天寺，看庭下"积水空明"、水中"藻荇交横"；他与隐居于此的方山子（陈季常）"谈空说有夜不眠"；他用"价贱如泥土"的"黄州好猪肉"做成流传至今的名菜"东坡肉"。

　　元丰六年（1083），张怀民贬居黄州，暂住于承天寺。因志趣相投、心境相似而与苏东坡成为好友，二人交往密切。正如苏东坡自己所说："江山风月本无常主，闲者便是主人。"同年十月十二日夜，苏东坡前往承天寺，邀张怀民一起赏月：

　　　　元丰六年十月十二日，夜，解衣欲睡，月色入户，欣然起行。念无与为乐
　　　者，遂至承天寺，寻张怀民。怀民亦未寝，相与步于中庭。庭下如积水空明，水

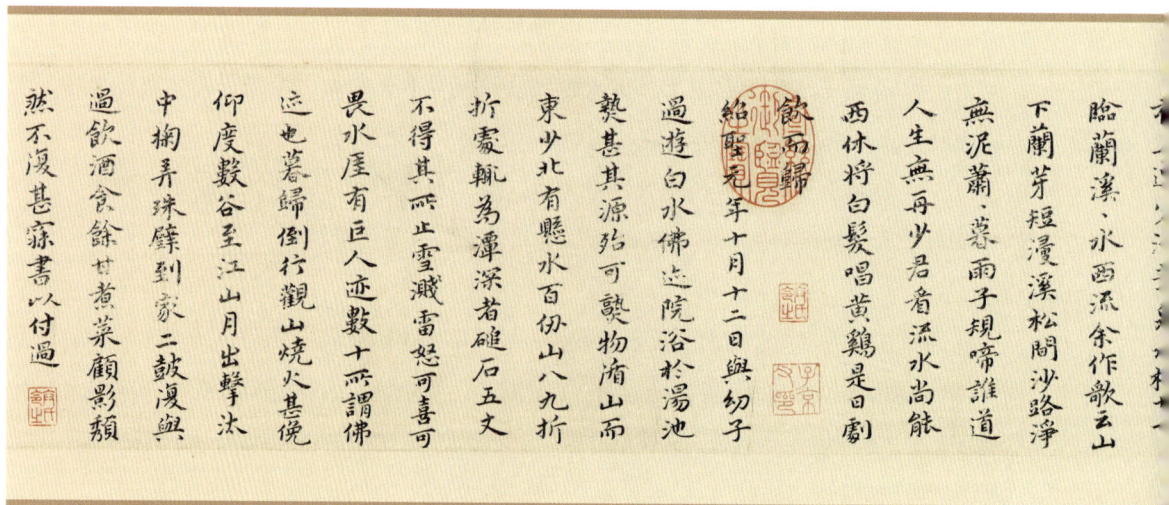

明　祝允明　楷书《东坡记游》（局部）　　辽宁省博物馆藏

中藻荇交横，盖竹柏影也。何夜无月？何处无竹柏？但少闲人如吾两人者耳。

短短不足百字的小品文，看似平淡无奇，却如行云流水，不经意间成为千古传诵的名作。

同年，张怀民得其新居于江畔，于其西南筑亭，以观览长江胜景。苏东坡钦佩张怀民的气度，以"快哉此风"之意，为其所建之亭命名为"快哉亭"，并写下《水调歌头·黄州快哉亭赠张偓佺》相赠。词云：

> 落日绣帘卷，亭下水连空。知君为我新作，窗户湿青红。长记平山堂上，欹枕江南烟雨，渺渺没孤鸿。认得醉翁语，山色有无中。
>
> 一千顷，都镜净，倒碧峰。忽然浪起，掀舞一叶白头翁。堪笑兰台公子，未解庄生天籁，刚道有雌雄。一点浩然气，千里快哉风。

天地之间，无论是高低贵贱，无论在江湖庙堂，只要胸中有一股浩然之气，宠辱不惊，泰然处之，便能享受到无穷快意的千里清风。

苏东坡早年任凤翔府签判时，便结识了知府陈希亮的四子陈慥（字季常）。当苏东坡

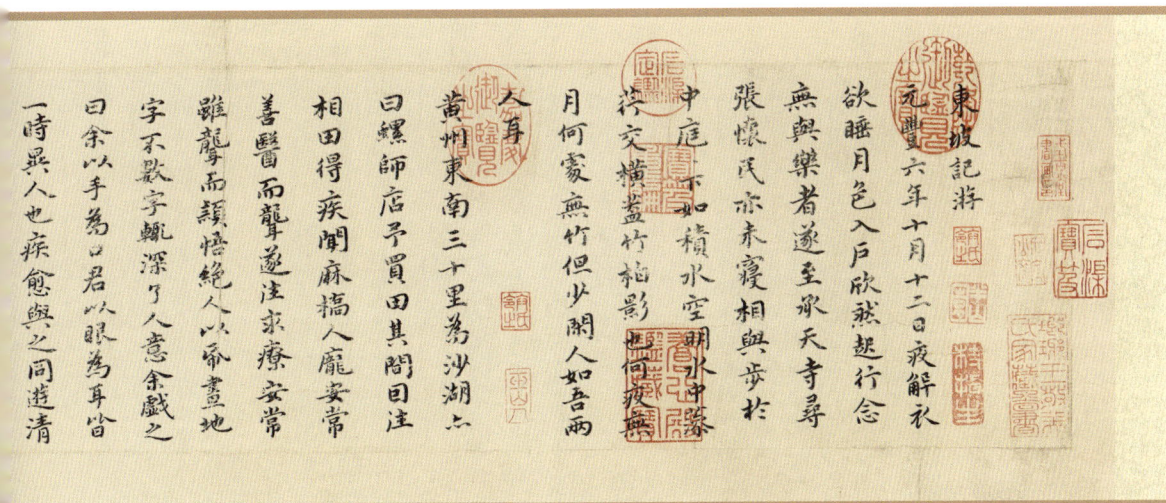

贬居黄州之时，陈季常隐居于黄州麻城县的歧亭，自号龙丘居士，人称"方山子"。苏东坡与陈季常他乡重逢，频繁往来，为陈季常写下《方山子传》：

　　……独念方山子少时，使酒好剑，用财如粪土。前十有九年，余在岐下，见方山子从两骑，挟二矢，游西山。鹊起于前，使骑逐而射之，不获。方山子怒马独出，一发得之。因与余马上论用兵及古今成败，自谓一世豪士，今几日耳，精悍之色，犹见于眉间，而岂山中之人哉！

苏东坡曾写诗打趣陈季常惧内，由此诞生了"河东狮吼"的成语。诗云：

　　龙丘居士亦可怜，谈空说有夜不眠。

　　忽闻河东狮子吼，拄杖落手心茫然。

在世人的心目中，苏东坡不仅是诗人和书法家，还是一个充满烟火气的美食家。流传

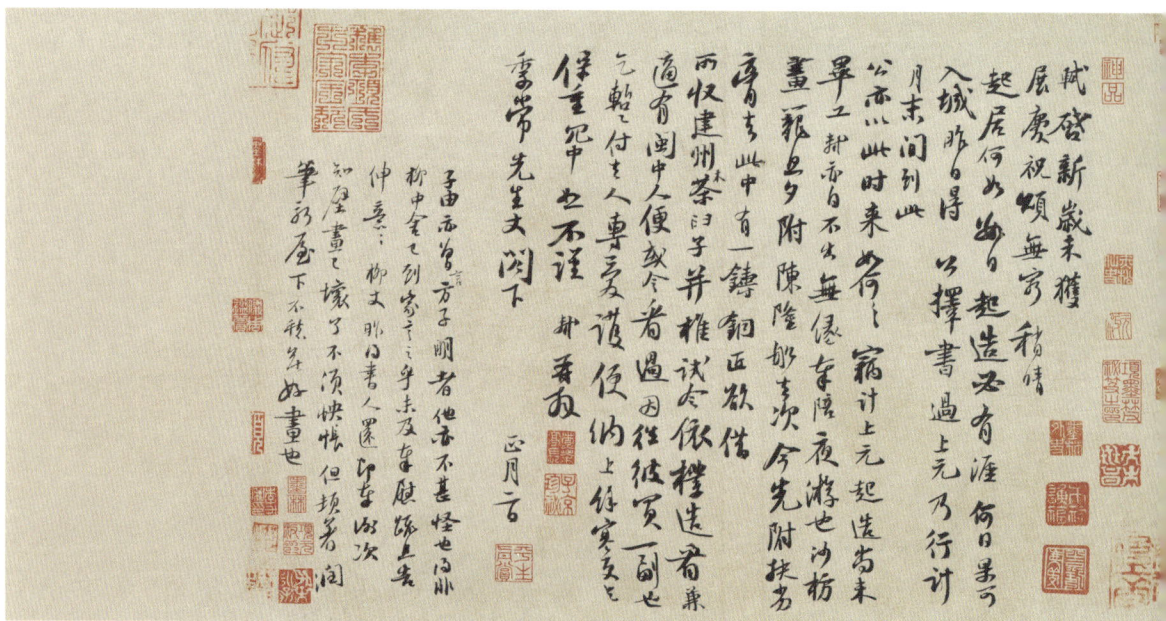

宋 苏轼 《新岁展庆帖》《人来得书帖》　　宋神宗元丰四年至六年之间（1081—1083）书于黄州 故宫博物院藏

至今的以东坡名字命名的菜肴不胜枚举，其中最为著名的当属"东坡肉"。"东坡肉"便是起源于黄州。此时陷入窘迫的苏东坡亲自下厨，把"贵者不肯吃，贫者不解煮"的黄州猪肉做成了享誉千年的美味佳肴——"东坡肉"。他在《猪肉颂》中写道：

> 净洗铛，少著水，柴头罨烟焰不起。待他自熟莫催他，火候足时他自美。黄州好猪肉，价贱如泥土。贵者不肯吃，贫人不解煮，早晨起来打两碗，饱得自家君莫管。

而今的黄冈遗爱湖公园广场中央有一尊高达八米的苏东坡塑像，洒脱飘逸、神采飞扬，巍然屹立在天地之间。仰望着这尊塑像，东坡先生那些诗词名句如行云流水般汇聚于我的脑海，遂集句一篇：

> 云海天涯两杳茫，万人如海一身藏。长恨此身非我有，诗人例作水曹郎。尘满面，鬓如霜，升沉闲事莫思量。回首向来萧瑟处，此心安处是吾乡。

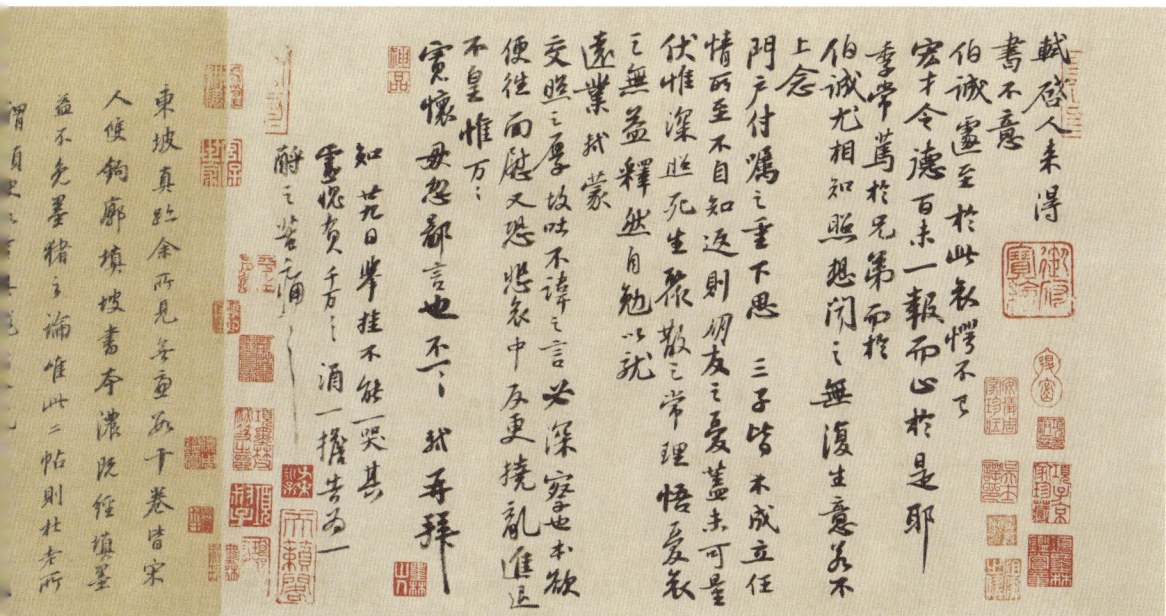

一夜尋黄居寀龍不獲方悟半
月前是曹光州借去摹搨更須
一兩月方兩得恐王君疑是翻悔
且告子細说与纉取得印納去
却寄團茶一餅与之旋其好事
也季常
赳白
季常

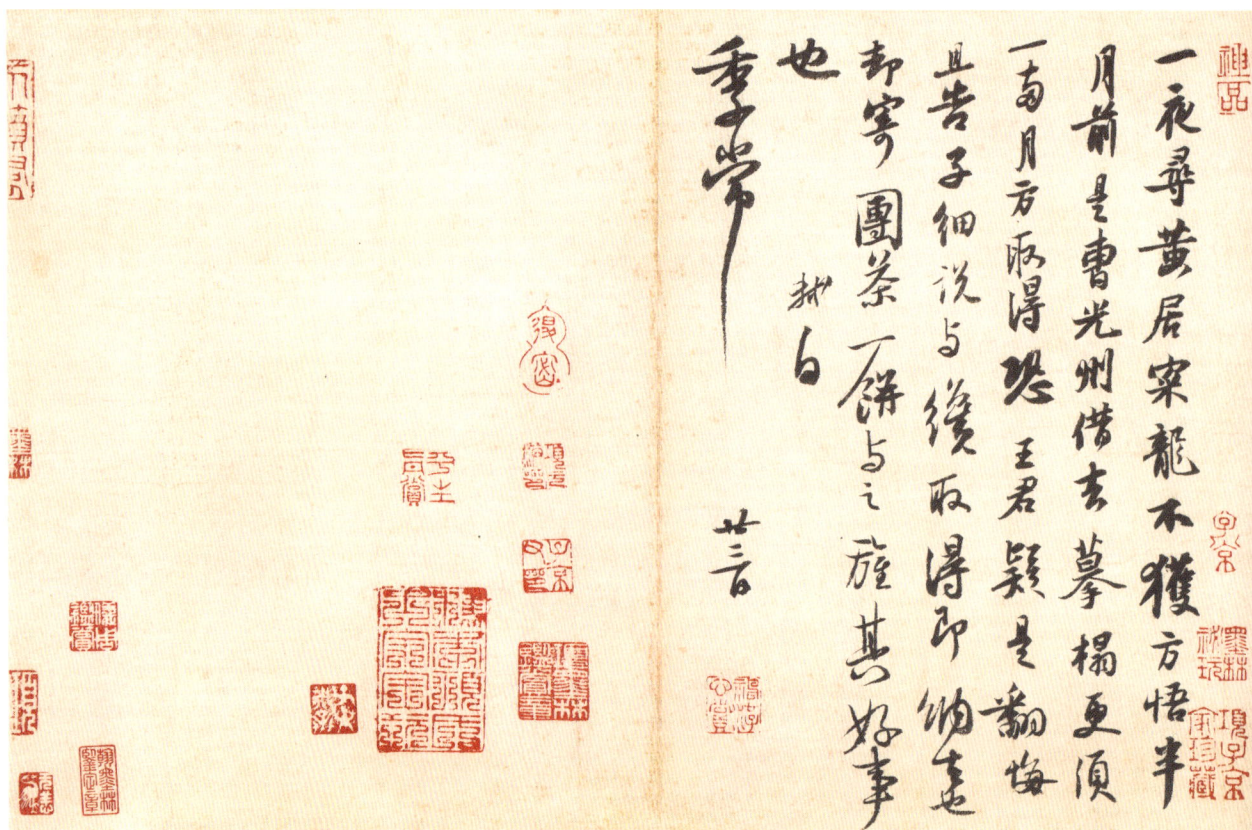

宋 苏轼 《致季常尺牍》　　宋神宗元丰三年至六年之间（1080—1083）书于黄州 台北故宫博物院藏

第七章

只缘身在此山中

　　宋神宗并没有忘记远在江城陋邦的苏东坡。元丰七年（1084）初，宋神宗亲书手札："苏轼黜居思咎，阅岁滋深，人材实难，不忍终弃。"遂下诏将苏东坡改授汝州团练副使，本州安置，不得签书公事。

　　四月，苏东坡离开谪居四年的黄州，沿长江顺流而下，来到被白居易誉为"奇秀甲天下"的庐山。在庐山，苏东坡游山访禅，留下了"不识庐山真面目，只缘身在此山中"的名句。

庐山烟雨

　　庐山素以雄、奇、险、秀闻名于世，风景秀丽，名胜古迹众多。在苏东坡之前，陶渊明、李白、白居易等都曾登临庐山，有诸多诗文传世。辞别了一路相送到江州（今江西九江）的好友陈慥，苏东坡在参寥子等人的陪同下初游庐山。初入庐山，苏东坡见山谷奇秀，为平生所未见，有一种应接不暇的感觉。苏东坡来庐山的消息很快便传开了，山中僧俗奔走相告："苏子瞻来矣。"苏东坡既惊又喜，作一绝句云：

> 芒鞋青竹杖，自挂百钱游。
>
> 可怪深山里，人人识故侯。

　　从"乌台诗案"入狱，到黄州山野蹉跎，弹指间五年时光飞逝，而今恍然如梦。面对神奇秀美的庐山，苏东坡又写下两首五言绝句：

> 青山若无素，偃蹇不相亲。
>
> 要识庐山面，他年是故人。
>
> 自昔怀清赏，神游杳霭间。
>
> 而今不是梦，真个在庐山。

　　游览庐山的途中，有人寄来亡友陈舜俞（陈令举）的《庐山记》，苏东坡且行且读，其中便有李白题咏庐山的诗作。李白的"飞流直下三千尺，疑是银河落九天"无疑是千百年来庐山最好的宣传语。李白的诗想象丰富，俊逸飞扬，写的是山川胜景，体现的是盛唐气象。

　　往来庐山南北十余日后，苏东坡下山前往筠州（今江西高安）看望因"乌台诗案"牵连贬官于此的弟弟苏辙。苏东坡在筠州与弟弟欢聚几日后，应佛印禅师之邀，与参寥子重上庐山。苏东坡在庐山流连忘返，以为胜绝，不可胜谈。最后与东林寺长老常总禅师同游西林寺，临下山时在西林寺壁上题诗一首：

> 横看成岭侧成峰，远近高低总不同。
>
> 不识庐山真面目，只缘身在此山中。

在禅门用来记录自身历史的"灯录"类书籍中，除历代高僧，一部分被称为"居士"的士大夫也被书写进去，他们被排列到不同禅师的"法嗣"之中，纳入"传灯"的谱系。一位士大夫作为某禅师的法嗣而进入灯录，其前提是他已被承认对禅有所悟，其境界已与高僧相当。而自南宋雷庵正受编《嘉泰普灯录》开始，苏东坡就被列入灯录，作为临济宗黄龙派东林常总禅师的法嗣。苏东坡对禅所悟的经验，便被认为是在常总禅师的启发下，发生于庐山东林寺，其"悟"的具体证明便是上面这首《题西林壁》。临济宗是禅门五宗之一，黄龙派则是临济宗的支系，其创建人是黄龙慧南，而东林寺常总便是慧南的弟子，苏东坡在禅门的地位亦由此可见。

庐山烟雨

从公已迟

　　宋神宗元丰七年（1084）六月，苏东坡离开庐山，继续沿长江顺流而下，来到江宁府（今江苏南京），拜会了曾经的政敌、已罢相多年的王安石。

　　王安石在北宋政治上的影响力要远远超过苏东坡，他主导的变法所引起的新旧党争，深刻影响了北宋中后期的历史，使得苏东坡终其一生被卷在新旧党争的旋涡中。苏东坡的前半生外放杭州等地的经历与王安石变法密切相关。

　　苏、王政见相左，而二人之争是君子之争，二人之才学足以让双方惺惺相惜。当苏东坡在"乌台诗案"中身陷囹圄时，已经罢相的王安石为苏东坡仗义执言，上书神宗皇帝道："岂有圣世而杀才士者乎？"当苏东坡的船抵达江宁时，已是风烛残年的王安石骑着毛驴，着一身便服，来到江畔迎接。苏东坡没有戴冠就出来相见，其实有点儿失礼，他上前拱手说道："在下今日敢以便服见大丞相。"王安石笑一笑，援引阮籍的名言答道："礼是为我们这样的人设的吗？"苏东坡回答："我知道您的门下用不着我。"两位高手暗地里针锋相对，每句话都有弦外之音，颇合乎人们对高手过招的想象，故这段故事脍炙人口，流传甚广。

　　苏东坡在江宁盘桓多日，频繁出入王安石的半山园，新旧两派的两位文学大家诵诗说佛，相谈甚欢。对于苏东坡，王安石颇有相见恨晚之意，他对人感叹道："不知更几百年，方有如此人物！"王安石甚至劝苏东坡在金陵置房安家，不要再奔波仕途，苏东坡也

騎驴渺渺入荒陂，想见先生未病时。
劝我试求三亩宅，从公已觉十年迟。

——苏轼《次荆公韵四绝》其三

感叹早在十年前王安石罢相闲居金陵的时候，自己就该搬家过来和他做邻居了。此时，远离庙堂的苏、王二人似乎已捐弃前嫌。

两年之后，宋哲宗元祐元年（1086），王安石去世，朝廷追赠王安石为"太傅"，其诰命的起草人便是时任中书舍人的苏东坡。苏东坡对王安石的盖棺论定，读来颇有意味：

> ……将有非常之大事，必生希世之异人。使其名高一时，学贯千载；智足以达其道，辩足以行其言；瑰玮之文，足以藻饰万物；卓绝之行，足以风动四方。用能于期岁之间，靡然变天下之俗。……属熙宁之有为，冠群贤而首用。信任之笃，古今所无。方需功业之成，遽起山林之兴。浮云何有，脱屣如遗。屡争席于渔樵，不乱群于麋鹿。进退之美，雍容可观……　（《王安石赠太傅制》）

关于这篇制文，有人认为是苏东坡对王安石发自内心的赞美，也有人认为表面上是褒词，不失王言之体，但苏东坡采取寓贬于褒、明褒暗贬的写作手法，表达了他对王安石学术和新法的否定，这也意味着苏东坡与王安石二人的私人关系或已缓和，但并没有实现政治路线上的真正和解。

昔饮雪泉别常山，天寒岁在龙蛇间。
山中儿童拍手笑，问我西去何当还。
十年不赴竹马约，扁舟独与渔蓑闲。
重来父老喜我在，扶挈老幼相遮攀。
当时襁褓皆七尺，而我安得留朱颜。
问今太守为谁欤，护羌充国鬓未斑。
躬持牛酒劳行役，无复杞菊嘲寒悭。
超然置酒寻旧迹，尚有诗赋镵坚顽。
孤云落日在马耳，照耀金碧开烟鬟。
郑淇自古北流水，跳波下濑鸣玦环。
愿公谈笑作石埭，坐使城郭生溪湾。

——苏轼《再过超然台赠太守霍翔》

变灭随风

苏东坡离开黄州后，一年间辗转于庐山、筠州（时苏辙贬官于此）、江宁府、应天府（今河南商丘）和常州等地。就在他已经对政治失望，虽已买田置地，却又不甘就此归隐山林时，北宋政局发生了天翻地覆的变化，苏东坡由此迎来了东山再起的时刻。

元丰八年（1085）三月，宋神宗去世，年幼的哲宗皇帝继位，由太皇太后高太后摄政。翌年改元"元祐"，史称"元祐更化"，北宋历史进入了旧党执政的新阶段。

在洛阳潜心著述《资治通鉴》十多年后，旧党领袖司马光应诏入京，先任门下侍郎（副宰相），翌年出任尚书左仆射兼门下侍郎（宰相）。在高太后的支持下，在司马光的举荐下，苏东坡等一批反对新法的旧臣被重新起用。

同年六月，谪居多年的苏东坡终于接到了朝廷重新起用的诏令，担任登州（今山东烟台蓬莱）知州。而在此之前，苏东坡已在阳羡（今江苏宜兴）买田，设想着归隐田园的闲适生活。此时的苏东坡心中充满了矛盾，重回庙堂的喜悦与激动自不必说，而同时不免又有一些对多年闲适江湖生活的留恋与怅惘。他在《蝶恋花·述怀》一词中写道：

云水萦回溪上路，叠叠青山，环绕溪东注。月白沙汀翘宿鹭，更无一点尘来处。

溪叟相看私自语，底事区区，苦要为官去。尊酒不空田百亩，归来分取闲中趣。

七月，苏东坡启程前往登州。他一路游山玩水、探亲访友，经扬州，过海州（今江苏连云港），十月才来到密州境内。暌违十年，故地重游，密州百姓扶老携幼，夹道欢迎。时任密州知州霍翔在超然台上置酒款待苏东坡一行。苏东坡抚今追昔，感慨万千。

离别密州，苏东坡继续北上，于十月十五日抵达登州。登州百姓闻讯赶来，海边岸上人山人海，翘首以待这位名满天下的大文豪、新知州的到来。然而世事难料，事情的发展既出乎苏东坡的意料，又让登州百姓大失所望。刚刚抵达登州不过五日，苏东坡正准备

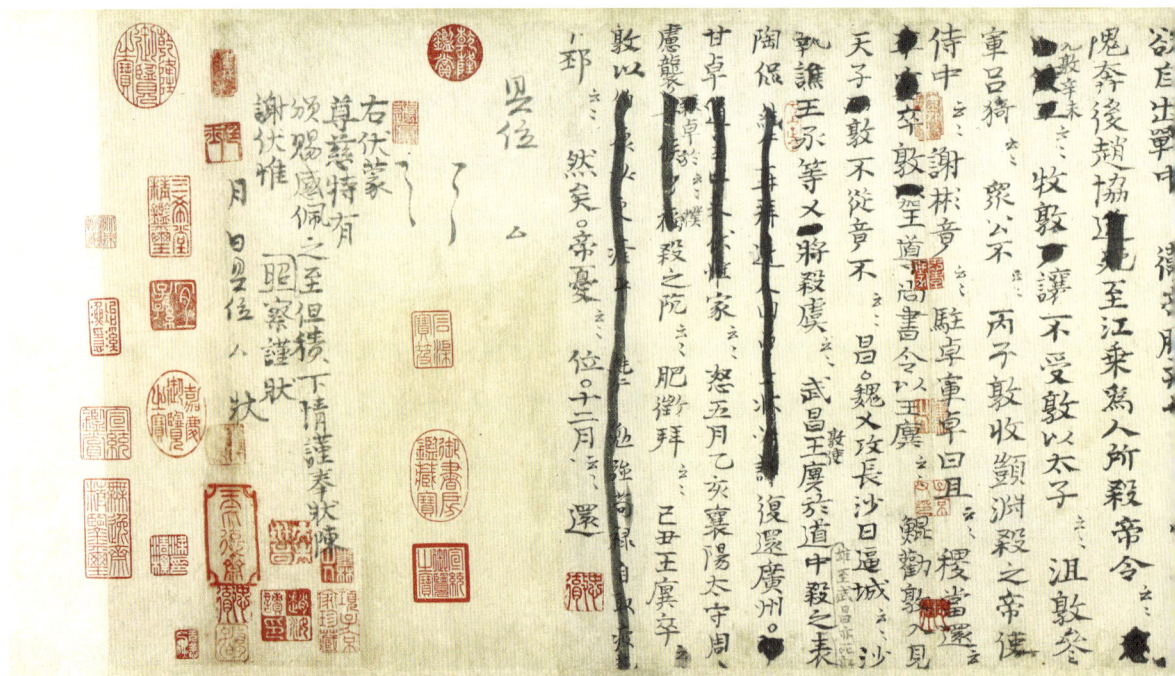

宋　司马光书　《资治通鉴》残稿一卷（局部）　　　　中国国家图书馆藏

大展宏图之时，却接到了朝廷以礼部郎中召还的诏令。苏东坡行色匆匆，即将离别登州之际，他登上登州丹崖山上的蓬莱阁，面朝大海，心潮澎湃。

蓬莱阁乃登州名胜之首，始建于宋仁宗嘉祐六年（1061），以"八仙过海"传说和"海市蜃楼"奇观而闻名四海，自古有人间仙境之美誉，与岳阳楼、黄鹤楼、滕王阁并称为"中国四大名楼"。

据当地百姓说，海市蜃景一般只在春夏之间出现，而当时已是初冬时节，苏东坡面对茫茫大海，不禁有几分怅惘与遗憾。然而，奇迹却发生了。"重楼翠阜出霜晓，异事惊倒百岁翁"，这位东山再起的大文豪看到了难得一见的海市蜃景，遂作《登州海市》：

予闻登州海市旧矣。父老云：尝出于春夏，今岁晚不复见矣。予到官五日而去，以不见为恨，祷于海神广德王之庙，明日见焉，乃作此诗。

东方云海空复空，群仙出没空明中。

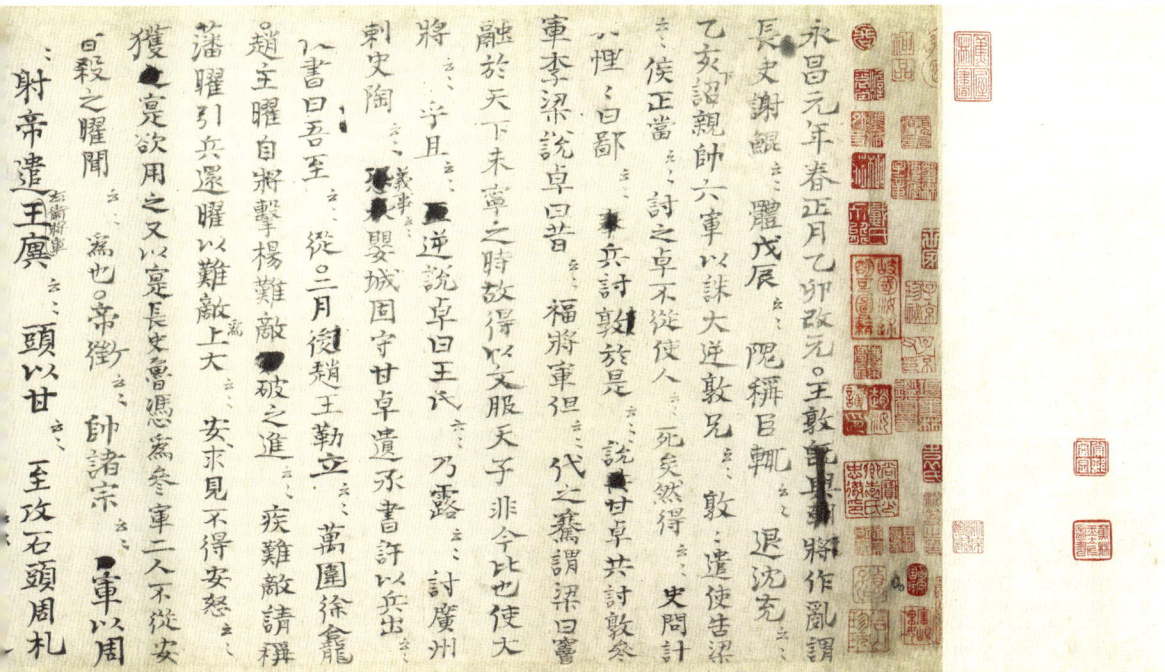

荡摇浮世生万象，岂有贝阙藏珠宫。

心知所见皆幻影，敢以耳目烦神工。

岁寒水冷天地闭，为我起蛰鞭鱼龙。

重楼翠阜出霜晓，异事惊倒百岁翁。

人间所得容力取，世外无物谁为雄。

率然有请不我拒，信我人厄非天穷。

潮阳太守南迁归，喜见石廪堆祝融。

自言正直动山鬼，岂知造物哀龙钟。

伸眉一笑岂易得，神之报汝亦已丰。

斜阳万里孤鸟没，但见碧海磨青铜。

新诗绮语亦安用，相与变灭随东风。

　　苏东坡回想起六年前从湖州知州的任上以戴罪之身回到京城，而今在数年蹉跎之后即将再次重返京城，往日岁月依稀如梦，荣华富贵如同这海市蜃景一般，到头来不过是"相

蓬莱阁

与变灭随东风"。怀着一种超然而复杂的心情，苏东坡踏上了回京的旅程。

"五日登州府，千年苏公祠。"而今的蓬莱阁苏公祠和卧碑亭面朝大海，默默无言，依旧在怀念着这位千年之前来去匆匆的老知州。

有情风万里卷潮来，无情送潮归。问钱塘江上，西兴浦口，几度斜晖？不用思量今古，俯仰昔人非。谁似东坡老，白首忘机。

记取西湖西畔，正春山好处，空翠烟霏。算诗人相得，如我与君稀。约他年、东还海道，愿谢公、雅志莫相违。西州路，不应回首，为我沾衣。

——苏轼《八声甘州·寄参寥子》

文章太守

元丰八年（1085）十二月，苏东坡自登州以礼部郎中还朝，迅速迁为起居舍人。宋哲宗元祐元年（1086）三月，免试除中书舍人，着紫袍佩金鱼袋，正式参与大政方针的讨论和朝廷百官的选任，开始进入中央权力的中枢。九月，苏东坡再获荣升，除翰林学士，成为皇帝最亲近的顾问和秘书。在此之前，欧阳修、王安石、司马光在出任副宰相之前都曾担任此职，"非高材、重德、雅望，不在此选"。

在短短一年的时间里，苏东坡从优游林下的散官扶摇直上成为万人瞩目的朝廷重臣。当年"笔头千字，胸中万卷，致君尧舜"的雄心壮志又上心头。此时，苏东坡不仅是万人瞩目的朝廷重臣，还是众星捧月的文坛领袖，苏东坡的声望与日俱增，政治生涯进入了巅峰时刻。

木秀于林，风必摧之。行高于人，众必非之。苏东坡的侍姜朝云说"学士一肚皮不入时宜"。在尔虞我诈的官场之中，个性直率的苏东坡的一句玩笑、几句牢骚便可能让他断送前程。

司马光死后，因学术和政治上的分歧，旧党分化为"洛党"（以程颐为首）、"蜀党"（以苏东坡为首）、"朔党"（以刘挚为首）三派。由于苏东坡在司马光的葬礼上当众嘲笑洛党领袖理学家程颐，使得洛蜀两派之间积怨日深。苏东坡深陷洛蜀党争的泥潭，进退维谷，一再上书请求外任。

元祐四年（1089），在阔别杭州十五年后，苏东坡以龙图阁学士、浙西路兵马钤辖、知杭州军州事的身份重回杭州。年华渐渐老去，苏东坡心中充满了对官场生活的厌倦，在公务之余访禅问道，纵情山水。

十五年前苏东坡任杭州通判时，经欧阳修介绍，在西湖孤山结识了曾经从欧阳修游三十余年的诗僧惠勤。两人品茗论文，结为诗友。元祐四年苏东坡任杭州知州再临西湖时，欧阳修和惠勤已相继谢世。惠勤弟子二仲画欧阳修和惠勤像祀之，时有清泉出于惠勤讲堂之后。欧阳修晚年自号"六一居士"，苏东坡遂命泉为"六一泉"，且撰《六一泉铭》刻于其上：

泉之出也，去公数千里，后公之没，十有八年，而名之曰六一，不几于诞乎？曰：君子之泽，岂独五世而已，盖得其人，则可至于百传。尝试与子登孤山而望吴越，歌山中之乐而饮此水，则公之遗风余烈，亦或见于斯泉也。

欧阳修曾任颍州（今安徽阜阳颍州区）知州，晚年致仕后居颍州，卒于颍州。颍州风景秀美，颍水穿城而过，城西的颍州西湖素与杭州西湖齐名，苏东坡诗中"未觉杭颍谁雌雄"便说的是颍州西湖。

元祐六年（1091）八月，自杭州回京任职不过数月的苏东坡以龙图阁学士出知颍州。初到颍州，苏东坡泛舟颍水，忽然听到远处传来悠扬婉转的歌声：

西湖南北烟波阔，风里丝簧声韵咽。

舞余裙带绿双垂，酒入香腮红一抹。

杯深不觉琉璃滑，贪看六幺花十八。

明朝车马各西东，惆怅画桥风与月。

苏东坡侧耳倾听，不禁黯然神伤，这不正是恩师欧阳文忠公的词作吗？逝者如斯，欧阳文忠公离世已近二十载，距其担任颍州知州已经过去四十三年！苏东坡百感交集，遂步韵一首：

霜余已失长淮阔，空听潺潺清颍咽。

佳人犹唱醉翁词，四十三年如电抹。

草头秋露流珠滑，三五盈盈还二八。

与余同是识翁人，惟有西湖波底月。

在颍州公事清闲，苏东坡时常与通判赵德麟、州学教授陈师道以及欧阳修的两位公子泛舟听琴、诗酒欢聚。在颍州任上不过半年，元祐七年（1092）二月，苏东坡又接到了新的诏令，以龙图阁学士充淮南东路兵马钤辖知扬州。"二年阅三州"（杭州、颍州、扬州）的频繁调动，令苏东坡心生倦怠：

杭州西湖六一泉

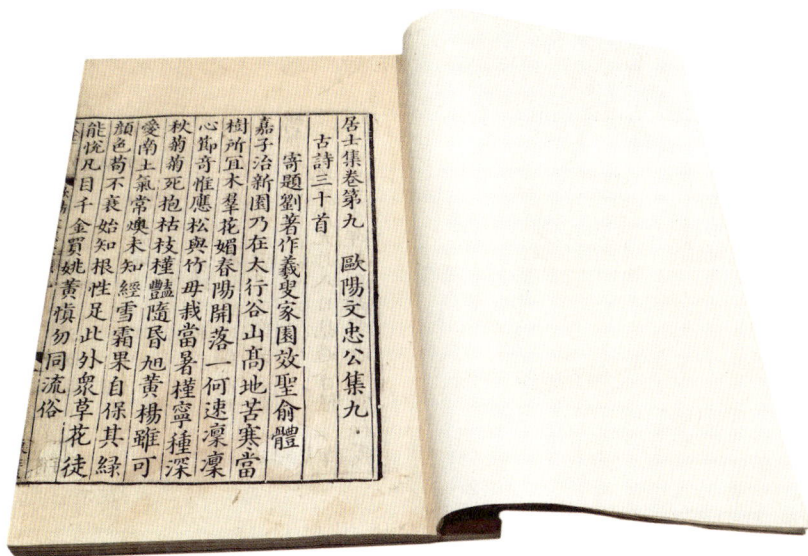

宋 欧阳修撰 《欧阳文忠公集》一百五十三卷　宋庆元二年（1196）周必大刻本

周必大延请门客编校而成，集各本之长，遂成欧集定本，致他本散佚不传。初印精好，纸墨莹润，传世欧集当以此本为最。

扬州大明寺平山堂

扬州大明寺平山堂欧公柳

澹月倾云晓角哀，小风吹水碧鳞开。

此生定向江湖老，默数淮中十往来。

扬州历史上诞生了两位著名的"文章太守"——欧阳修和苏东坡。

在扬州知州任上，欧阳修派人在古刹大明寺西侧修建了一座亭堂。该堂位于蜀冈之上，登高揽胜，江南诸山，历历在目，似与堂平，因而得名"平山堂"。在平山堂前，欧阳修亲手种下一株垂柳，被后人称为"欧公柳"。八年之后，在朝中任职的欧阳修送别好友刘敞（字原甫）出任扬州知州时写下一首《朝中措》，使平山堂名扬四海。词云：

平山阑槛倚晴空，山色有无中。手种堂前垂柳，别来几度春风。

文章太守，挥毫万字，一饮千钟。行乐直须年少，尊前看取衰翁。

当苏东坡离开颍州奔赴扬州，时任扬州通判、"苏门四学士"之一的晁补之以诗相寄，苏东坡念及梦里恩师、眼前弟子，不胜感慨，遂次韵一首相赠：

……

> 每到平山忆醉翁,悬知他日君思我。
>
> 路傍小儿笑相逢,齐歌万事转头空。
>
> 赖有风流贤别驾,犹堪十里卷春风。

为纪念恩师欧阳修,苏东坡在平山堂旁建造了一座新堂,堂成后赋诗一首:

> 深谷下窈窕,高林合扶疏。
>
> 美哉新堂成,及此秋风初。
>
> 我来适过雨,物至如娱予。
>
> 稚竹真可人,霜节已专车。

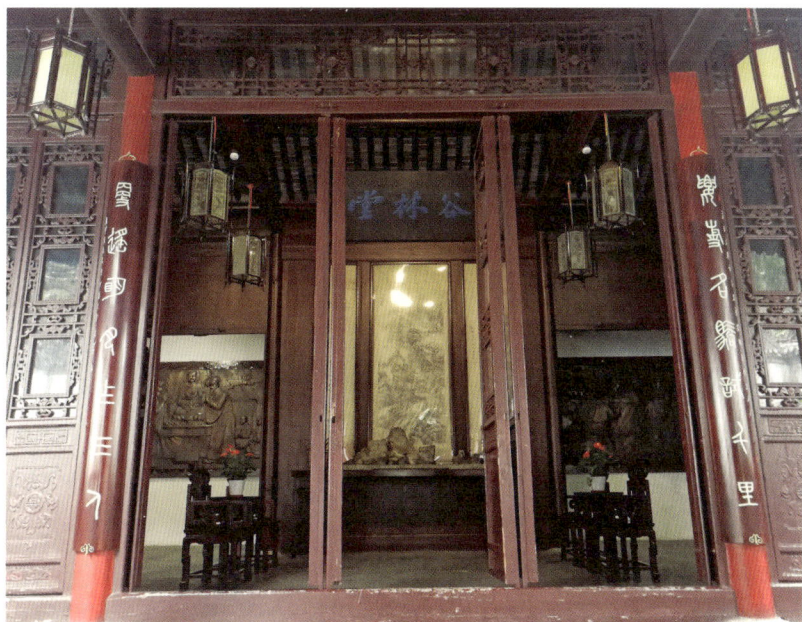

扬州大明寺谷林堂

谷林堂大门的抱柱楹联乃1978年当代书法家徐无闻集东坡诗句篆书而成,眉山三苏祠的绿洲亭亦用此联。上联"要使名驹试千里",出自《送江公著知吉州》:"未应良木弃大匠,要使名驹试千里。"下联"更邀明月作三人",出自《次韵述古过周长官夜饮》:"已遣乱蛙成两部,更邀明月作三人。"堂上的对联是"深谷下窈窕,高林合扶疏",即出自苏轼的《谷林堂》诗。

老槐苦无赖，风花欲填渠。

山鸦争呼号，溪蝉独清虚。

寄怀劳生外，得句幽梦余。

古今正自同，岁月何必书。

苏东坡从首句中择取"谷""林"二字，命名新堂为"谷林堂"。

而今的谷林堂内悬挂着"深谷下窈窕，高林合扶疏"的对联，还有一幅书法作品，书写的是苏东坡的词作《西江月·平山堂》。

元丰二年（1079）四月，苏东坡自徐州调任湖州，第三次经过扬州平山堂。此时距与恩师欧阳修最后一次见面已近十年，而欧阳修离世也有数年。苏东坡故地重游，睹物思人，抚今追昔，感慨万千，遂写下《西江月·平山堂》：

三过平山堂下，半生弹指声中。十年不见老仙翁，壁上龙蛇飞动。

欲吊文章太守，仍歌杨柳春风。休言万事转头空，未转头时皆梦。

聚散苦匆匆。半年之后，苏东坡即将离别扬州返京任职，晁补之次韵东坡在杭州所写的《八声甘州》，化用欧阳修和苏东坡诗句，师徒三代的诗情深意隐藏在江雨霏霏的平山阑槛之中：

谓东坡、未老赋归来，天未遣公归。向西湖两处，秋波一种，飞霭澄辉。又拥竹西歌吹，僧老木兰非。一笑千秋事，浮世危机。

应倚平山栏槛，是醉翁饮处，江雨霏霏。送孤鸿相接，今古眼中稀。念平生、相从江海，任飘蓬、不遣此心违。登临事，更何须惜，吹帽淋衣。

几时归去

元祐七年（1092）九月，苏东坡自扬州返回京城。此时，弟弟苏辙已经担任门下侍郎，苏东坡很快也升任端明殿学士、翰林侍读学士、礼部尚书，这是苏东坡一生中所任的最高的官职。

但"洛蜀党争"的宿怨并未结束，有人从苏东坡起草的制诰中断章取义，指责他"讪谤先帝"。苏东坡虽然最终全身而退，但对无休无止的党争充满了厌倦，便上书请求外放越州（今浙江绍兴）。

哲宗皇帝年已十八，即将亲政。而哲宗皇帝对于祖母高太后在政事上的大包大揽早已心怀不满，并迁怒于苏东坡等近臣。

山雨欲来风满楼。更大的打击接踵而至。

元祐八年（1093）八月，与苏东坡同甘共苦、相濡以沫二十五年的夫人王闰之去世。苏东坡肝肠寸断，长歌当哭，写下《祭亡妻同安郡君文》：

> 昔通义君，没不待年。嗣为兄弟，莫如君贤。
>
> 妇职既修，母仪甚敦。三子如一，爱出于天。
>
> 从我南行，菽水欣然。汤沐两郡，喜不见颜。
>
> 我曰归哉，行返丘园。曾不少须，弃我而先。
>
> 孰迎我门，孰馈我田。已矣奈何，泪尽目干。
>
> 旅殡国门，我实少恩。惟有同穴，尚蹈此言。

一个月后，主持元祐更化的高太后病逝，哲宗皇帝亲政。这对沉浸于丧妻之痛的苏东坡来说，无疑是雪上加霜。一朝天子一朝臣，被打压多年的年轻皇帝早已对苏东坡等元祐旧臣心怀不满。苏东坡的政治生命即将走向夕阳余晖。苏东坡已于高太后去世前获准以端明殿学士、翰林侍读学士充河北西路安抚使兼马步军都总管，知定州（今河北定州）。苏东坡离京赴任前理应入朝面辞，而哲宗皇帝竟借故不见。苏东坡对此无可奈何，对于国事政局忧心忡忡。

在苏东坡离京赴定州前，时任门下侍郎的弟弟苏辙在东府为哥哥饯行。相聚的日子总是短暂，离别的时刻令人断肠。元祐年间兄弟二人同时在朝的欢声笑语历历在目，而苏东坡此番远行或许又是天涯远隔的开始。窗外秋雨萧瑟，庭前落叶纷飞。何时夜雨对床，苏东坡黯然神伤：

> 庭下梧桐树，三年三见汝。
>
> 前年适汝阴，见汝鸣秋雨。
>
> 去年秋雨时，我自广陵归。
>
> 今年中山去，白首归无期。
>
> 客去莫叹息，主人亦是客。
>
> 对床定悠悠，夜雨空萧瑟。
>
> 起折梧桐枝，赠汝千里行。
>
> 归来知健否？莫忘此时情。

元祐八年（1093）十月下旬，苏东坡抵达定州。定州是苏东坡足迹所至的最北之地，位于今河北省中部，自古就有"九州咽喉地，神京扼要区"之称。其时定州接近宋辽边界，是北宋的军事重镇。自宋辽"澶渊之盟"以来，已近百年无战事，承平日久，军备松弛。苏东坡上任后即采取措施整顿军纪，加强操练，很快便使定州军兵军容整肃，人心安定。

定州城中开元寺内有一塔，建成于宋仁宗至和二年（1055），苏东坡时常登临开元寺塔瞭望情势。而今位于定州市中心的开元寺塔已经成为定州的标志性建筑，在丽日晴空的映衬下，显得巍峨高大、气宇不凡。

"澶渊之盟"以后，北宋以每年岁币银十万两、绢二十万匹（1042年的"关南誓书"中改为银二十万两、绢三十万匹）的代价换来了宋辽之间的百年和平，为北宋经济发展、文化繁荣营造了良好的外部环境。宋辽两国以兄弟相称，礼尚往来，双方互通使节达三百余次。苏东坡的恩师欧阳修、在杭州时的上司陈襄以及弟弟苏辙等人都曾出使契丹（辽）。苏辙出使契丹时，苏东坡曾经有《送子由使契丹》一诗相赠：

> 云海相望寄此身，那因远适更沾巾。

定州开元寺塔

定州文庙东坡双槐之一

据道光《定州志》载，苏东坡任定州太守期间，来文庙祭孔时手植两槐，东者如舞凤，西者似神龙，被当地人誉为"龙凤双槐"。双槐至今枝繁叶茂，郁郁葱葱，为定州一大景观。

　　　　　　不辞驿骑凌风雪，要使天骄识凤麟。

　　　　　　沙漠回看清禁月，湖山应梦武林春。

　　　　　　单于若问君家世，莫道中朝第一人。

　　苏辙出使契丹时，在给哥哥苏东坡的诗中写道：

　　　　　　谁将家集过幽都，逢见胡人问大苏。

　　　　　　莫把文章动蛮貊，恐妨谈笑卧江湖。

　　当时，"东坡诗文，落笔辄为人所传诵"。苏东坡的诗文不但在北宋大受欢迎，在契丹境内也广有知名度。比如，一次苏东坡与辽使共饮，辽使当场背诵出其诗句"痛饮从今有几日，西轩月色夜来新"。在苏东坡任职定州期间，宋使出使契丹，在其南京（今北京）的书市上见到名为《大苏小集》（大苏指苏东坡）的苏东坡诗集。

　　在定州，苏东坡收集"雪浪石"，并将自己的书斋命名为"雪浪斋"。夜色清净，月色如银，苏东坡独坐于雪浪斋中，想起《庄子·知北游》中的"人生天地之间，若白驹之过隙"，想起唐朝诗人李群玉《自遣》诗中的"浮生暂寄梦中梦，世事如闻风里风"，想起恩师"六一居士"欧阳修的"琴一张""棋一局"和"酒一壶"……遂叹"浮名浮利，虚苦劳神"，"几时归去，作个闲人"。

　　没想到，"几时归去，作个闲人"竟一语成谶。

　　绍圣元年（1094）闰四月，苏东坡因"讥斥先朝"的莫须有罪名，被免去了端明殿学士、翰林侍读学士之称号和定州知州之职，贬为左朝奉郎，知英州（今广东英德）。苏东坡即将再次成为"闲人"。

　　清夜无尘，月色如银，酒斟时须满十分。浮名浮利，虚苦劳神。叹隙中驹，石中火，梦中身。
　　虽抱文章，开口谁亲。且陶陶乐尽天真。几时归去，作个闲人。对一张琴，一壶酒，一溪云。

　　　　　　　　　　　　　　　　　　　　　　　　　　　　——苏轼《行香子·述怀》

第八章　不辞长作岭南人

静听涛声暴霭阴松风
一曲寄琴心先生已归琴中
趣何事泠泠徒上音
但得琴中趣何劳绘上声　良友通灵
正襟危坐挥尘清谈得此知音快我心曲

　　位于罗浮山下、东江之滨的惠州，由于苏东坡"不辞长作岭南人"的诗句而从此天下闻名。正如晚清诗人、惠州人江逢辰在其诗中所云："一自坡公谪南海，天下不敢小惠州。"

　　当代国学大师饶宗颐先生在《致惠州重修东坡祠开放活动的贺信》中写道：

　　　　苏东坡谪贬惠州两年零七个月，时间虽短，但却是其一生重要的里程碑，期间留下大量诗文杂赋及文物遗迹……惠州……特别珍视东坡寓惠文化的保护与挖掘，使惠州成为现存"苏迹"最多的地方……

　　　　惠州朝云墓及原东坡故居留下的"东坡井"，是全国现存两处有史料考证依据的苏东坡遗迹和故居遗址……

惠州苏东坡祠东坡井

朝云墓

　　该井为宋代圆形井，深约14米，内壁青砖砌成，外貌古朴，是苏东坡寓惠的重要遗址。宋绍圣三年（1096），苏东坡在白鹤峰购地作屋时为解决饮水难题，雇人凿井，据其《次韵子由所居六咏》中的诗句"幽居有古意，义井分西墙"，故此井又被称为"义井"。清代加建了井栏并镶嵌关槐书"冰湍"两字石刻。此井历经900多年，保存较好。

不妨熟歇

在从定州南下的途中，苏东坡被一贬再贬，最终被贬为宁远军节度副使、惠州安置。在经历了半年时间的长途跋涉之后，苏东坡与幼子苏过、侍妾王朝云于宋哲宗绍圣元年（1094）十月初二抵达惠州。虽是初来乍到，却又似曾相识之。苏东坡在《十月二日初到惠州》诗中写道：

> 仿佛曾游岂梦中，欣然鸡犬识新丰。
> 吏民惊怪坐何事，父老相携迎此翁。
> 苏武岂知还漠北，管宁自欲老辽东。
> 岭南万户皆春色，会有幽人客寓公。

名满天下的苏东坡初到岭南之地，受到了惠州官员的礼遇，被允许在官府的合江楼暂住。

合江楼位于东江与西枝江的汇合处，登楼远眺，可饱览惠州（东西枝）江、（西）湖、（罗浮）山、（南）海之美景画卷。

苏东坡在《寓居合江楼》诗中写道：

> 海山葱昽气佳哉，二江合处朱楼开。
> 蓬莱方丈应不远，肯为苏子浮江来。
> 江风初凉睡正美，楼上啼鸦呼我起。
> 我今身世两相违，西流白日东流水。
> 楼中老人日清新，天上岂有痴仙人。
> 三山咫尺不归去，一杯付与罗浮春。

苏东坡在合江楼"江风初凉睡正美"的好日子没过几天，便迁居于嘉祐寺。之后两年往返迁居于合江楼和嘉祐寺之间。他在《迁居（并引）》中清楚地记录了历次迁居的时春风岭上淮南村，昔年梅花曾断魂。
岂知流落复相见，蛮风蜑雨愁黄昏。
长条半落荔支浦，卧树独秀桄榔园。
岂惟幽光留夜色，直恐冷艳排冬温。
松风亭下荆棘里，两株玉蕊明朝暾。
海南仙云娇堕砌，月下缟衣来扣门。
酒醒梦觉起绕树，妙意有在终无言。
先生独饮勿叹息，幸有落月窥清樽。

　　——苏轼《十一月二十六日
　　松风亭下梅花盛开》

前年家水东，回首夕阳丽。
去年家水西，湿面春雨细。
东西两无择，缘尽我辄逝。
今年复东徙，旧馆聊一憩。
已买白鹤峰，规作终老计。
长江在北户，雪浪舞吾砌。
青山满墙头，鬌鬌几云髻。
虽惭抱朴子，金鼎陋蝉蜕。
犹贤柳柳州，庙俎荐丹荔。
吾生本无待，俯仰了此世。
念念自成劫，尘尘各有际。
下观生物息，相吹等蚊蚋。

　　——苏轼《迁居》

间："吾绍圣元年十月二日至惠州，寓居合江楼。是月十八日，迁于嘉祐寺。二年三月十九日，复迁于合江楼。三年四月二十日，复归于嘉祐寺。"

　　沉浸于嘉祐寺的晨钟暮鼓，徜徉在松风亭的清风花海，年近花甲之年的苏东坡的心情与当年赴黄州途中"昔年梅花曾断魂"的愁苦已不尽相同，"妙意有在终无言"的平和心境已经达成与命运的和解。

　　《东坡志林》中有《记游松风亭》一文，反映了来到惠州的苏东坡心境的变化：

> 余尝寓居惠州嘉祐寺，纵步松风亭下，足力疲乏，思欲就床止息。仰望亭宇，尚在木末，意谓如何得到。良久忽曰："此间有甚么歇不得处？"由是心若挂钩之鱼，忽得解脱。若人悟此，虽两阵相接，鼓声如雷霆，进则死敌，退则死法，当恁么时，也不妨熟歇。

　　如果说贬居黄州时的苏东坡还有着不惑之年的未酬壮志和痛苦挣扎，而垂老投荒、贬居惠州的苏东坡已经获得了人生的顿悟和心灵的自由，随时随地，都可以放下。

林行婆家初闭户，翟夫子舍尚留关。
连娟缺月黄昏后，缥缈新居紫翠间。
系闷岂无罗带水，割愁还有剑铓山。
中原北望无归日，邻火村春自往还。

——苏轼《白鹤峰新居欲成夜过西邻翟秀才二首》（其一）

    当年已花甲的苏东坡接到朝廷"元祐臣僚独不赦，终身不徙"的诏令后，自觉北归无望，于是在东江之滨的白鹤峰买地建宅——"已买白鹤峰，规作终老计"，在几度搬迁之后终于可以安顿下来——"新居成，庶几其少安乎？"

    苏东坡为其白鹤峰新居的厅堂和书斋命名为德有邻堂和思无邪斋。

    白鹤峰新居的左邻右舍分别是翟秀才和卖酒的林婆，"中原北望无归日"的苏东坡常与之谈诗论道、对酒当歌。

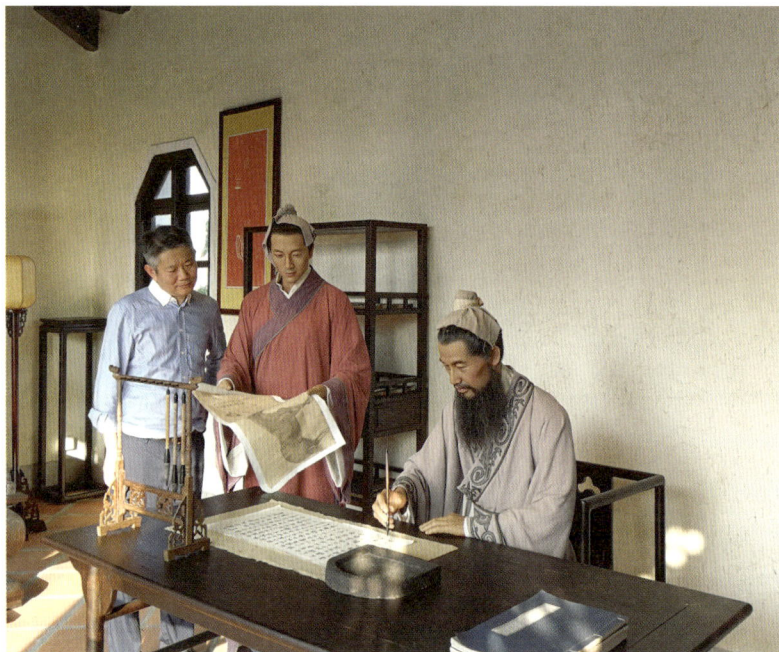

本书作者（左一）在惠州苏东坡祠思无邪斋

朝云暮雨

在《红楼梦》第二回中，作者曹雪芹借贾雨村之口，把朝云与卓文君、红拂、薛涛等奇女子并列为"情痴情种"——"卓文君、红拂、薛涛、崔莺、朝云之流。此皆易地则同之人也。"

朝云，本是巫山神女之名，出自宋玉的《高唐赋》："妾在巫山之阳，高丘之阻，旦为朝云，暮为行雨。朝朝暮暮，阳台之下。"而苏东坡的红颜知己也名为朝云，姓王，字子霞，杭州人。朝云家境贫寒，早年沦落歌舞班中，成为西湖歌伎。她天生丽质，聪颖灵慧，能歌善舞。苏东坡通判杭州之时，时年十二岁的朝云进入苏家成为侍女，十八岁时成为苏东坡的侍妾，生有一子，名苏遁（小名干儿），未满周岁而夭折。

苏家原有数妾，四五年内相继辞去，唯有朝云追随苏东坡南迁。在惠州，苏东坡为朝云写下多篇情真意切的诗词，比如这首《殢人娇·赠朝云》：

> 白发苍颜，正是维摩境界。空方丈、散花何碍。朱唇箸点，更髻鬟生彩。这些个、千生万生只在。
>
> 好事心肠，著人情态。闲窗下、敛云凝黛。明朝端午，待学纫兰为佩。寻一首好诗，要书裙带。

苏东坡抵达惠州的第二年，某日与朝云闲坐，时落木萧萧，凄然有悲秋之意。苏东坡让朝云唱"花褪残红青杏小"（《蝶恋花》），而朝云歌喉将啭，泪满衣襟，东坡问其

花褪残红青杏小。燕子飞时，绿水人家绕。枝上柳绵吹又少，天涯何处无芳草。
墙里秋千墙外道。墙外行人，墙里佳人笑。笑渐不闻声渐悄，多情却被无情恼。

——苏轼《蝶恋花·春景》

故，朝云答曰："奴不能歌，是'枝上柳绵吹又少，天涯何处无芳草'也。"

在惠州时，苏东坡把朝云与白（居易）家的樊素相比，写下《朝云诗（并引）》：

　　世谓乐天有鬻骆马放杨柳枝词，嘉其主老病，不忍去也。然梦得有诗云：春尽絮飞留不住，随风好去落谁家。乐天亦云：病与乐天相伴住，春随樊子一时归。则是樊素竟去也。予家有数妾，四五年相继辞去，独朝云者，随予南迁。因读乐天集，戏作此诗。朝云姓王氏，钱唐人。尝有子曰干儿，未期而夭云。

　　　　不似杨枝别乐天，恰如通德伴伶玄。

　　　　阿奴络秀不同老，天女维摩总解禅。

　　　　经卷药炉新活计，舞衫歌扇旧因缘。

　　　　丹成逐我三山去，不作巫阳云雨仙。

绍圣三年（1096），是苏东坡的本命年。白鹤峰新居尚未落成，而朝云却染病遽然而逝，时年三十四岁。朝云虽只是东坡的侍妾，却是其心心相通的红颜知己——"不合时宜，惟有朝云能识我；独弹古调，每逢暮雨倍思卿。"据宋人笔记记载："东坡一日退朝，食罢。扪腹徐行，顾谓侍儿曰：'汝辈且道是中有何物？'一婢遽曰：'都是文章。'坡不以为然。又一人曰：'满腹都是见识。'坡亦未以为当。至朝云，乃曰：'学士一肚皮不入时宜。'坡捧腹大笑。"

苏东坡将朝云安葬在丰湖（今惠州西湖）栖禅寺东南山坡的松林中，并刻碑以铭：

　　东坡先生侍妾曰朝云，字子霞，姓王氏，钱塘人。敏而好义，事先生二十有三年，忠敬若一。绍圣三年七月壬辰卒于惠州，年三十四。八月庚申，葬之丰湖之上栖禅山寺之东南。生子遯，未期而夭。盖常从比丘尼义冲学佛法，亦粗识大意。且死，诵《金刚经》四句偈以绝。铭曰：浮屠是瞻，伽蓝是依。如汝宿心，惟佛之归。

朝云的突然离世令苏东坡痛不欲生，作《悼朝云》：

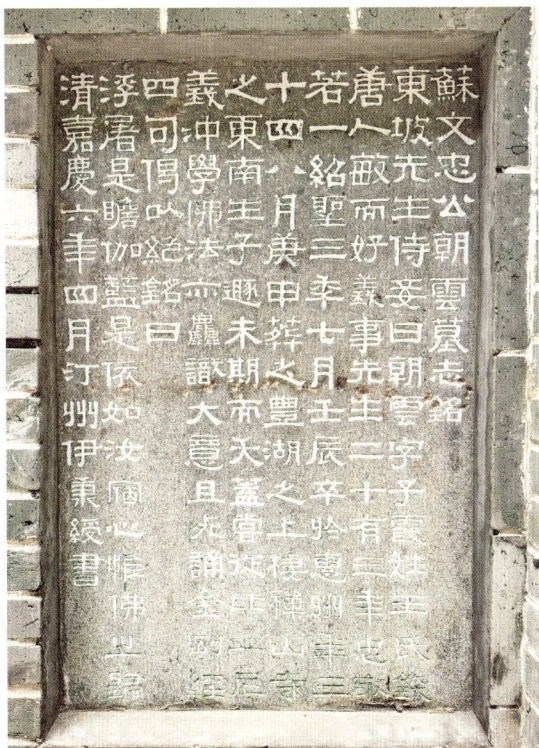
清 伊秉绶书《苏文忠公朝云墓志铭》碑刻

苗而不秀岂其天，不使童乌与我玄。
驻景恨无千岁药，赠行惟有小乘禅。
伤心一念偿前债，弹指三生断后缘。
归卧竹根无远近，夜灯勤礼塔中仙。

苏东坡一生与西湖有缘，杭州、颍州和惠州皆有西湖，皆因苏东坡而名扬天下。惠州丰湖，亦名西湖。南宋诗人杨万里在《惠州丰湖亦名西湖》诗中写道：

左瞰丰湖右瞰江，五峰出没水中央。
峰头寺寺楼楼月，清杀东坡锦绣肠。
三处西湖一色秋，钱塘颍水更罗浮。
东坡元是西湖长，不到罗浮便得休。

惠州西湖之畔，花甲老人踽踽独行。松涛瑟瑟，铃语阵阵，冰姿玉骨的梅花丛中依稀都是当年杭州西子湖畔初识时"淡妆浓抹总相宜"的朝云的身影，乃作词《西江月·梅花》：

玉骨那愁瘴雾，冰姿自有仙风。海仙时遣探芳丛，倒挂绿毛幺凤。
素面翻嫌粉涴，洗妆不褪唇红。高情已逐晓云空，不与梨花同梦。

细和渊明

　　东晋诗人陶渊明生前寂寞，而身后却有众多的仿效者和仰慕者，仿效追和作品蔚为大观。南朝鲍照有诗《学陶潜体》，是仿效陶诗的发轫之作，唐朝白居易有《效陶潜体诗》十六首，而追和陶诗则始于苏东坡。

　　苏东坡追和陶诗始于元祐七年（1092）知扬州时所写的《和陶饮酒二十首》。

　　在惠州时，某日苏东坡正躺在床上休息，儿子苏过诵读"误落尘网中，一去三十年"，猛然触动了苏东坡的心弦，他一下子从床上坐起来，下床提笔写下《和陶归园田居》：

> 环州多白水，际海皆苍山。
>
> 以彼无尽景，寓我有限年。
>
> 东家著孔丘，西家著颜渊。
>
> 市为不二价，农为不争田。
>
> 周公与管蔡，恨不茅三间。
>
> 我饱一饭足，薇蕨补食前。
>
> 门生馈薪米，救我厨无烟。
>
> 斗酒与只鸡，酣歌饯华颠。

　　吾饮酒至少，常以把盏为乐。往往颓然坐睡，人见其醉，而吾中了然，盖莫能名其为醉为醒也。在扬州时，饮酒过午辄罢。客去，解衣盘礴，终日欢不足而适有余。因和渊明《饮酒》二十首，庶以仿佛其不可名者，示舍弟子由、晁无咎学士。

> 我不如陶生，世事缠绵之。
>
> 云何得一适，亦有如生时。
>
> 寸田无荆棘，佳处正在兹。
>
> 纵心与事往，所遇无复疑。
>
> 偶得酒中趣，空杯亦常持。

——苏轼《和陶饮酒二十首（并叙）》（其一）

禽鱼岂知道，我适物自闲。

悠悠未必尔，聊乐我所然。

和陶诗一方面表达出苏东坡对陶渊明的崇敬，另一方面也反映出苏东坡把陶渊明当作晚年贬居生活的前代知音和精神支柱。正如苏门弟子黄庭坚在《跋子瞻和陶诗》中所写，苏东坡与陶渊明虽出（仕）处（隐居）不同，而风味相似，都是百世千载之风流人物。

白鹤峰新居竣工之际，阔别三年的长子苏迈携家眷自宜兴远道而来，久违的笑语盈门，让年迈的苏东坡欣喜异常，恍如一梦。苏东坡在《和陶时运四首（并引）》中欣慰地写道：

丁丑二月十四日，白鹤峰新居成，自嘉祐寺迁入。咏渊明《时运》诗云：斯晨斯夕，言息其庐。似为余发也，乃次其韵。长子迈，与余别三年矣，挈携诸孙，万里远至，老朽忧患之余，不能无欣然。

我卜我居，居非一朝。

龟不吾欺，食此江郊。

废井已塞，乔木干霄。

昔人伊何，谁其裔苗。

下有澄潭，可饮可濯。

江山千里，供我遐瞩。

苏轼在美学上追求的是一种朴质无华、平淡自然的情趣韵味，一种退避社会、厌弃世间的人生理想和生活态度，反对矫揉造作和装饰雕琢，并把这一切提到某种透彻了悟的哲理高度。无怪乎在古今诗人中，就只有陶潜最合苏轼的标准了。只有"采菊东篱下，悠然见南山"，"此中有真味，欲辨已忘言"的陶渊明，才是苏轼所愿顶礼膜拜的对象。终唐之世，陶诗并不显赫，甚至也未遭李、杜重视。直到苏轼这里，才被抬高到独一无二的地步。并从此之后，地位便巩固下来了。苏轼发现了陶诗在极平淡朴质的形象意境中，所表达出来的美，把它看作是人生的真谛，艺术的极峰。千年以来，陶诗就一直以这种苏化的面目流传着。

——李泽厚《美的历程》

明　仇英　《桃源仙境图》　天津博物馆藏

清 石涛 《陶渊明诗意图册》　故官博物院藏

宋（传）赵令穰《陶潜赏菊图》　台北故宫博物院藏

木固无胫，瓦岂有足。

陶匠自至，啸歌相乐。

我视此邦，如洙如沂。

邦人劝我，老矣安归。

自我幽独，倚门或挥。

岂无亲友，云散莫追。

旦朝丁丁，谁款我庐。

子孙远至，笑语纷如。

剪鬌垂髫，覆此瓠壶。

三年一梦，乃复见余。

　　惠州地处粤东，历史上寇患严重。据《资治通鉴》记载："每岁秋冬，田事才毕，数十百为群持刀枪旗鼓，来往虔、汀、漳、潮、循、惠、广等州，所到之处，劫人帛谷，掠人妇女，与巡捕吏卒格斗。至杀伤吏卒，则起为盗，依阻险要，官府捕之不得。"这些被称为"虔寇"的山贼，都是"土豪有物力之家，往往啸聚结集"。然而，却有虔寇对苏东坡十分尊敬。宋高宗绍兴二年（1132）（此时苏东坡去世已三十一年），一个叫谢达的虔寇率人攻陷了惠州，凡居民官舍皆焚荡无遗，却独留东坡的白鹤故居，并率领手下修葺了苏东坡为朝云所建的六如亭，烹羊致奠而去。苏东坡在民间的声誉，由此亦可见一斑。

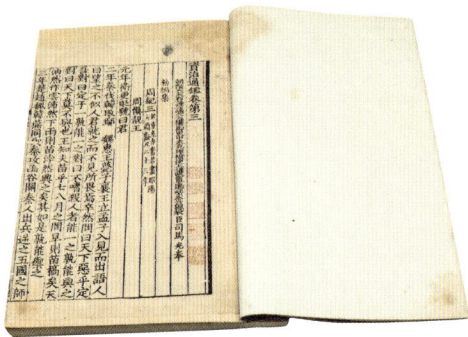

《资治通鉴》　　宋绍兴二至三年（1132—1133）两浙东路茶盐司公使库刻本

不辞岭南

荔枝自古以来就是岭南特产佳果和宫廷贡品，相传唐玄宗为博取杨贵妃的欢心，不惜人力物力，要求驿骑传送、快马加鞭。唐朝诗人杜牧由此写下"一骑红尘妃子笑，无人知是荔枝来"的诗句。

苏东坡在惠州初食荔枝时曾发出"人间何者非梦幻，南来万里真良图"和"日啖荔枝三百颗，不辞长作岭南人"的感叹，其《荔枝叹》被后世评价为"章法变化，笔势腾挪，波澜壮阔，真太史公之文"。

当苏东坡打算"不辞长作岭南人"之时，更大的打击却从天而降。据说是当时的宰相章惇看到了苏东坡在惠州所写的《纵笔》一诗所致。

清朝纪晓岚评价道："此诗无所讥讽，竟亦贾祸，盖失意之人作旷达语，正是极牢骚耳。"

据宋人笔记记载，章惇看到苏东坡的这首诗后说道："苏子瞻居然如此快活？"章惇遂重提旧说，以为苏东坡等人虽贬岭南仍显不足，于是便有再贬之命——把苏东坡贬到更遥远的天涯海角（今海南）。

十里一置飞尘灰，五里一堠兵火催。
颠坑仆谷相枕藉，知是荔枝龙眼来。
飞车跨山鹘横海，风枝露叶如新采。
宫中美人一破颜，惊尘溅血流千载。
永元荔枝来交州，天宝岁贡取之涪。
至今欲食林甫肉，无人举觞酹伯游。
我愿天公怜赤子，莫生尤物为疮痏。
雨顺风调百谷登，民不饥寒为上瑞。
君不见武夷溪边粟粒芽，前丁后蔡相笼加。
争新买宠各出意，今年斗品充官茶。
吾君所乏岂此物，致养口体何陋耶？
洛阳相君忠孝家，可怜亦进姚黄花。

　　　　　　　　　　——苏轼《荔枝叹》

白头萧散满霜风，小阁藤床寄病容。
报道先生春睡美，道人轻打五更钟。

　　　　　　　　　　——苏轼《纵笔》

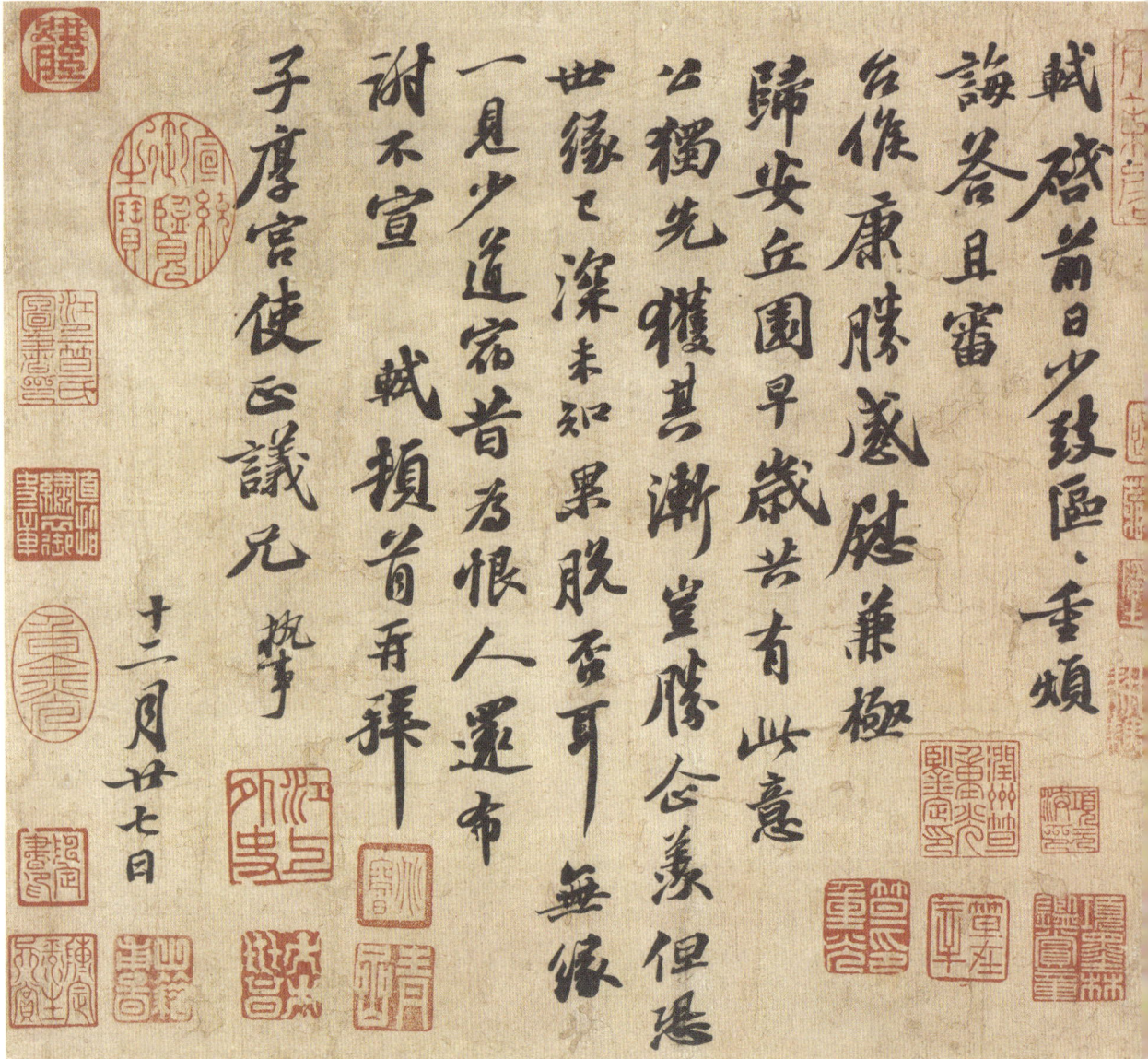

軾啓前日少致區區重煩

誨荅且審

台候康勝感慰兼極

歸安丘園早歲共有此意

公獨先獲其漸豈勝企羨但恐

世緣已深未知果脱否耳無緣

一見少道宿昔為恨人還布

谢不宣

軾頓首再拜

子厚宫使正議兄執事

十二月廿七日

宋 苏轼 《归安丘园帖》　　宋哲宗元祐元年（1086）书于开封 台北故宫博物院藏

第九章　九死南荒吾不恨

昔随骤雨醉琼崖，再避浓霾逐浪花。

身沐椰风晨雾渺，梦萦沙雪夕阳斜。

窗含万里碧波涌，心向千年古圣嗟。

不见蛮荒九死地，南天海畔且为家。

——王钦刚《海南避霾思坡公》

　　今天一提起海南，自然而然便会令人想起碧海蓝天、椰林沙滩，天涯海角的海南岛已经成为旅游度假天堂的代名词。而千百年前的海南却落后闭塞，孤悬海外，是官员贬谪的九死一生之地。而今海口的五公祠，是在纪念苏东坡的苏公祠（东坡书院）的基础上于清光绪十五年（1889）扩建而成，为纪念贬谪来海南的唐朝名臣李德裕和南宋名臣李纲、赵鼎、李光、胡铨而建，有"海南第一楼"之称。

　　晚唐名相李德裕晚年因朋党之争被贬为崖州司户参军，来到天涯海角的崖州（今海口市琼山区东南）。他在《登崖州城作》诗中写道：

独上高楼望帝京，鸟飞犹是半年程。

青山似欲留人住，百匝千遭绕郡城。

　　李德裕不久便病逝于崖州，未能返回中原，令人唏嘘。两百多年后，苏东坡谪居海南，三年后，因宋徽宗继位大赦天下，才得以北归中原。

海口五公祠

海口五公祠李德裕塑像

海口苏公祠

桄榔风雨

好梦由来最易醒。

在惠州阖家团聚的欢乐时光持续了不过两个月，苏东坡便接到了贬谪天涯海角的诰命："责授琼州别驾，昌化军安置。"漂泊是苏东坡一生的宿命。在朝、外任、贬谪，一个又一个轮回。他在给好友钱穆父的词中曾写下"人生如逆旅，我亦是行人"（《临江仙·送钱穆父》），在给妻弟王箴的另一首《临江仙》中也曾写下类似的诗句：

> 忘却成都来十载，因君未免思量。凭将清泪洒江阳。故山知好在，孤客自悲凉。
> 坐上别愁君未见，归来欲断无肠。殷勤且更尽离觞。此身如传舍，何处是吾乡。

同是天涯沦落人。此时弟弟苏辙被贬雷州（今广东湛江雷州），与海南隔海遥望，哥哥不禁慨叹："莫嫌琼雷隔云海，圣恩尚许遥相望。"

兄弟情深，却聚少离多，海峡相隔，夜雨对床之梦成空。

苏东坡在《和陶止酒》一诗的引言中写道：

> 丁丑岁，予谪海南，子由亦贬雷州。五月十一日，相遇于藤，同行至雷。六月十一日，相别，渡海。余时病痔呻吟，子由亦终夕不寐。因诵渊明诗，劝余止酒。乃和原韵，因以赠别，庶几真止矣。

九疑联绵属衡湘，苍梧独在天一方。
孤城吹角烟树里，落日未落江苍茫。
幽人抚枕坐叹息，我行忽至舜所藏。
江边父老能说子，白须红颊如君长。
莫嫌琼雷隔云海，圣恩尚许遥相望。
平生学道真实意，岂与穷达俱存亡。
天其以我为箕子，要使此意留要荒。
他年谁作舆地志，海南万里真吾乡。

——苏轼《吾谪海南，子由雷州，被命即行，了不相知，至梧乃闻其尚在藤也，旦夕当追及，作此诗示之》

四州环一岛，百洞蟠其中。
我行西北隅，如度月半弓。
登高望中原，但见积水空。
此生当安归，四顾真途穷。
眇观大瀛海，坐咏谈天翁。
茫茫太仓中，一米谁雌雄。
幽怀忽破散，永啸来天风。
千山动鳞甲，万谷酣笙钟。
安知非群仙，钧天宴未终。
喜我归有期，举酒属青童。
急雨岂无意，催诗走群龙。
梦云忽变色，笑电亦改容。
应怪东坡老，颜衰语徒工。
久矣此妙声，不闻蓬莱宫。

——苏轼《行琼、儋间，肩舆坐睡。梦
中得句云：千山动鳞甲，万谷酣笙钟。
觉而遇清风急雨，戏作此数句》

瘴雾三年恬不怪，反畏北风生体疥。
朝来缩颈似寒鸦，焰火生薪聊一快。
红波翻屋春风起，先生默坐春风里。
浮空眼缬散云霞，无数心花发桃李。
倏然独觉午窗明，欲觉犹闻醉鼾声。
回首向来萧瑟处，也无风雨也无晴。

——苏轼《独觉》

踏上孤悬海外的海南，岛上琼、儋、崖、万四州环绕，登高北望中原，视野所及茫茫无际，令苏东坡生出"四顾真途穷"的凄凉感叹。

当时的儋州（即昌化军，今海南儋州）与之前贬居的黄州、惠州相比，生活条件要艰苦得多。正如苏东坡在书信中所说："此间食无肉，病无药，居无室，出无友，冬无炭，夏无寒泉。"初到儋州，苏东坡受到昌化军军使张中的关照。张中对苏东坡十分敬重，与随行苏东坡来到儋州的东坡幼子苏过一见如故。张中与苏过均精通棋艺，二人时常对弈切磋，苏东坡在一旁观战，虽素不解棋，却悠哉游哉，乐在其中。

在张中及邻居的帮助下，苏东坡与苏过在桄榔林中"结茅数椽居之，仅庇风雨"，苏东坡遂将新居命名为"桄榔庵"。苏东坡在《桄榔庵铭（并叙）》中写道："东坡居士谪于儋耳，无地可居，偃息于桄榔林中，摘叶书铭，以记其处。"

宋神宗元丰五年（1082），苏东坡贬居黄州之时，沙湖道中遇雨，曾写下《定风波·莫听穿林打叶声》，词中写道："回首向来萧瑟处，归去，也无风雨也无晴。"
十五年后，宋哲宗绍圣四年（1097），苏东坡在儋州写下《独觉》一诗，诗的末尾再次写
道："回首向来萧瑟处，也无风雨也无晴。"

桄榔庵新居落成，苏东坡十分高兴，欣然赋诗曰：

> 朝阳入北林，竹树散疏影。
>
> 短篱寻丈间，寄我无穷境。
>
> 旧居无一席，逐客犹遭屏。
>
> 结茅得兹地，翳翳村巷永。
>
> 数朝风雨凉，畦菊发新颖。
>
> 俯仰可卒岁，何必谋二顷。

又作《和陶和刘柴桑》一诗，有"漂流四十年，今乃言卜居。且喜天壤间，一席亦吾
庐"的感叹。

桄榔庵遗址一度湮没在中和古镇的寻常巷陌之中。2018年12月，笔者前往儋州寻访东
坡遗迹之时，在当地人的陪同下，几经问询有幸得以一见。只见在一片农家菜地中间残存
着一块石碑，碑的一面为"中正"两个大字，是明成化十一年（1475）儋州知州罗杰重修
桄榔庵时，广东按察副使涂棐所题刻；碑的另一面为《重修桄榔庵记》，是清康熙四十五
年（1706）儋州知州韩祜重修桄榔庵时，请时任琼州府知府贾棠所题。2022年9月，海南
省启动桄榔庵遗址考古发掘，已出土柱础、砖瓦、陶瓷器碎片等二十余件文化遗存。据了
解，当地政府已将重建桄榔庵纳入规划。

儋州桄榔庵遗址中正碑（正面）

儋州桄榔庵遗址中正碑（背面）

载酒问字

苏东坡在《记黄鲁直语》中说："士大夫三日不读书，则义理不交于胸中，对镜觉面目可憎，向人亦语言无味。"

在海南时，他将陶渊明和柳宗元两位前贤的诗文集"常置左右"，看作"二友"。特别是对于陶渊明诗集，苏东坡"每体中不佳，辄取读，不过一篇，惟恐读尽，后无以自遣耳"。

苏东坡从扬州开始和陶（渊明）诗，在惠州和儋州，先后写下一百多首和陶诗。他在写给弟弟苏辙的信中写道：

> 古之诗人有拟古之作矣，未有追和古人者也。追和古人则始于东坡。吾于诗人无所甚好，独好渊明之诗。渊明作诗不多，然其诗质而实绮，癯而实腴，自曹、刘、鲍、谢、李、杜诸人皆莫及也。吾前后和其诗凡百数十篇，至其得意，自谓不甚愧渊明。今将集而并录之，以遗后之君子，子为我志之。然吾于渊明，岂独好其诗也哉？如其为人，实有感焉。

在和陶诗之外，苏东坡在儋州修订了贬居黄州时所写的《易传》和《论语说》，还撰写了《书传》和《志林》。对于《易传》《论语说》和《书传》三本经学著作，苏东坡非常珍视，曾说："某凡百如昨，但抚视《易》《书》《论语》三书，即觉此生不虚过。"苏辙为东坡所撰墓志铭也强调了这三本经学著作的重要性："公泣受（父洵）命，卒以成书（《易传》），然后千载之微言焕然可知也。复作《论语说》，时发孔氏之秘。最后居海南，作《书传》，推明上古之绝学，多先儒所未达。既成三书，抚之曰：'今世要未能信，后有君子，当知我矣。'"时人对苏东坡的经学著作也颇看重，视为"蜀学"重典，南宋学人撰著相关经注，未有不引用其说者，即使是"党洛攻蜀"的朱熹也不例外，他对苏氏《易传》虽时议其"杂"，但对苏氏《书传》却推崇备至。可是，由于北宋"元祐党争"，朝廷打击"元祐学术"，他的经学著作在当时并未全部刊行。据文献著录，在南宋也只有《易传》刻本，其他各书均以抄本形式流传，《论语说》一书后竟失传。直至明万历年间，焦竑千方百计收集，亦仅得苏轼《易传》九卷、《书传》二十卷。至于《论语说》，明代已无处可寻。焦氏将收集所得苏轼、苏辙经学著作编为《两苏经解》，并撰序给予高度评价。明万历二十五年（1597），毕氏将书稿刊刻于世，人们始见苏东坡经学之全貌。后十四年，顾氏又据其本翻刻，苏东坡的经学著作乃行于时。

苏东坡在儋州时曾修建陋室，以西汉扬雄"载酒问字"的典故命名为"载酒堂"。远近学子纷纷前来问学。琼州秀才姜唐佐慕名前来儋州向苏东坡求教，他聪颖好学，深得苏东坡赏识。苏东坡评价姜唐佐"气和而言道，有中州士人之风"，并赠之诗云"沧海何曾断地脉，白袍端合破天荒"。并告之曰，当他日金榜题名，将续成此诗。后来苏东坡遇赦北归，姜唐佐谨记恩师勉励，游学广州，考中举人，成为见诸史册的海南第一位举人。

苏东坡逝世后，宋徽宗崇宁二年（1103），姜唐佐见到苏辙，以苏东坡赠诗相示。苏辙见之潸然泪下，遂为姜唐佐续写完成赠诗。

生长茅间有异芳，风流稷下古诸姜。
适从琼管鱼龙窟，秀出羊城翰墨场。
沧海何曾断地脉，白袍端合破天荒。
锦衣他日千人看，始信东坡眼力长。

——苏辙《赠姜唐佐》

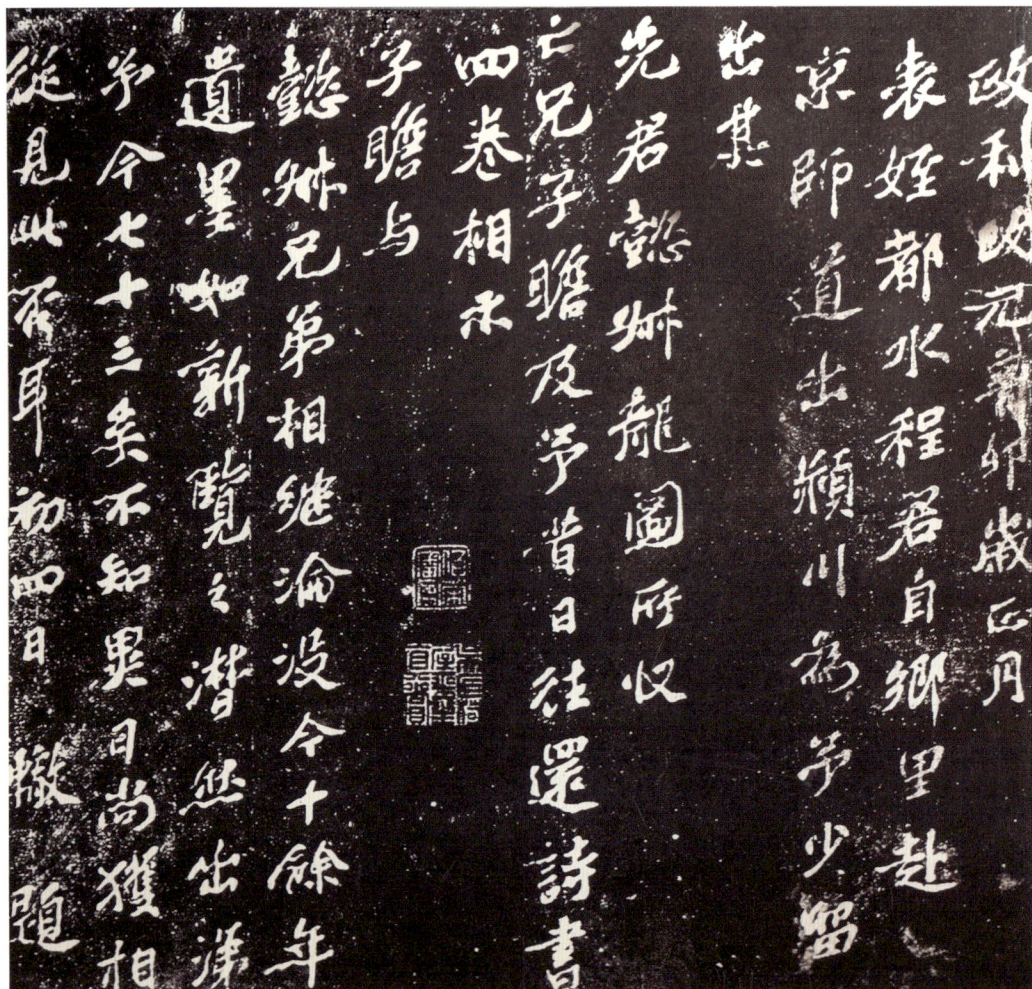

宋 苏辙 《子瞻及予书跋》

　　该帖为苏辙存世的最后一件作品，书于宋徽宗政和元年（1111）。其表侄从眉山来访，拿出自己和兄长当年的文字，虽"遗墨如新"，但兄长和表兄已亡故，苏辙慨叹而作。

兹游奇绝

无论物质生活如何困苦，苏东坡都能从中发现乐趣，做一个热爱生活的美食家。在黄州，他把"贵者不肯吃，贫者不解煮"的黄州猪肉，做成了享誉千年的美味佳肴"东坡肉"；在惠州，"饱食惠州饭"之余，他发明了"火烤羊脊骨"；在儋州，他酒煮生蚝、汲江煎茶，把窘迫的日子也过成了诗。

苏东坡在海南得生蚝，与酒一起煮，食之甚美，于是每每告诫幼子苏过不要对外说，唯恐北方君子争着求谪海南，分此美味。

茶文化兴于唐而盛于宋，点茶是文人士大夫交游聚会的另一重要项目。苏东坡也喜欢茶，在诗中有"从来佳茗似佳人""且将新火试新茶"的佳句。在儋州，困顿中的苏东坡就地取材，汲江煎茶，"自临钓石取深清"，"坐听荒城长短更"。

转眼已是元符二年（1099）的春天。春牛春杖，春幡春胜，无限春风来海上，给远在天涯海角的东坡老人带来一丝春天的希望。

在儋州的第三年，苏东坡已经融入当地的黎族百姓之中，"但寻牛矢觅归路，家在牛栏西复西"。"莫说天涯万里意"与"海南万里真吾乡"一样，东坡居士已随缘自适，视海南为故园。

苏东坡在惠州时曾在《纵笔》诗中写下"白头萧散满霜风"的诗句，在儋州又写

活水还须活火烹，自临钓石取深清。
大瓢贮月归春瓮，小杓分江入夜瓶。
茶雨已翻煎处脚，松风忽作泻时声。
枯肠未易禁三碗，坐听荒城长短更。
——苏轼《汲江煎茶》

春牛春杖，无限春风来海上。便丐春工，染得桃红似肉红。
春幡春胜，一阵春风吹酒醒。不似天涯，卷起杨花似雪花。
——苏轼《减字木兰花·己卯儋耳春词》

下《纵笔三首》，其中一句换了一个字，变为"白须萧散满霜风"。从"白头"到"白须"，一字之差，却是云海相隔，诗人一步步衰老，将自己的人生坎坷与自然风霜联系起来，便有了弦外之音。

海南有五色雀，常以两绛者为长，进止必随，俗谓之凤凰，据说久旱而见辄雨。苏东坡在儋州桄榔庵中曾见五色雀至其庭下。

元符三年（1100）正月，苏东坡于进士黎子云及其弟家又见五色雀。五色雀飞去之后，苏东坡举酒祷告："若为吾来者，当再集也。"果然五色雀又集于庭下，苏东坡以为吉兆，乃作《五色雀》诗。也许是巧合，不久朝廷政局便发生巨变。哲宗皇帝驾崩，哲宗

半醒半醉问诸黎，竹刺藤梢步步迷。
但寻牛矢觅归路，家在牛栏西复西。

总角黎家三四童，口吹葱叶送迎翁。
莫作天涯万里意，溪边自有舞雩风。

符老风情奈老何，朱颜减尽鬓丝多。
投梭每困东邻女，换扇惟逢春梦婆。

——苏轼《被酒独行，遍至子云、威、徽、先
觉四黎之舍三首》

我本海南民，寄生西蜀州。
忽然跨海去，譬如事远游。
平生生死梦，三者无劣优。
知君不再见，欲去且少留。

——苏轼《别海南黎民表》

无子，其弟赵佶继位，是为徽宗。神宗之皇后向太后垂帘听政，大赦天下，元祐诸臣纷纷内移。

同年五月，朝廷下诏，苏东坡由琼州别驾、昌化军（儋州）安置转为廉州（今广西合浦）安置，由此得以北归。六月，苏东坡即将离开谪居三年的儋州，不禁心潮澎湃，他自认为已融入当地百姓之中成为"海南民"，而今"忽然跨海去"，"知君不再见"，恍若一梦。

六月二十日夜，苏东坡登舟渡海，此时云散月明，天海澄清。回首七年九死一生的南荒经历，这或许是苏东坡平生中最为奇绝的一段旅程。

寂寂东坡一病翁，白须萧散满霜风。
小儿误喜朱颜在，一笑那知是酒红。
——苏轼《纵笔三首》（其一）

参横斗转欲三更，苦雨终风也解晴。
云散月明谁点缀？天容海色本澄清。
空余鲁叟乘桴意，粗识轩辕奏乐声。
九死南荒吾不恨，兹游奇绝冠平生。
——苏轼《六月二十日夜渡海》

吾儋自宋苏文忠公开化，一时州中人士，王、杜则经术称贤，应朝廷之征聘，符、赵则科名济美，标琼海之先声。迄乎有元，荐辟卓著。明清之际，多士崛起……人文之盛，贡选之多，为海外所罕见。
——《儋州志》

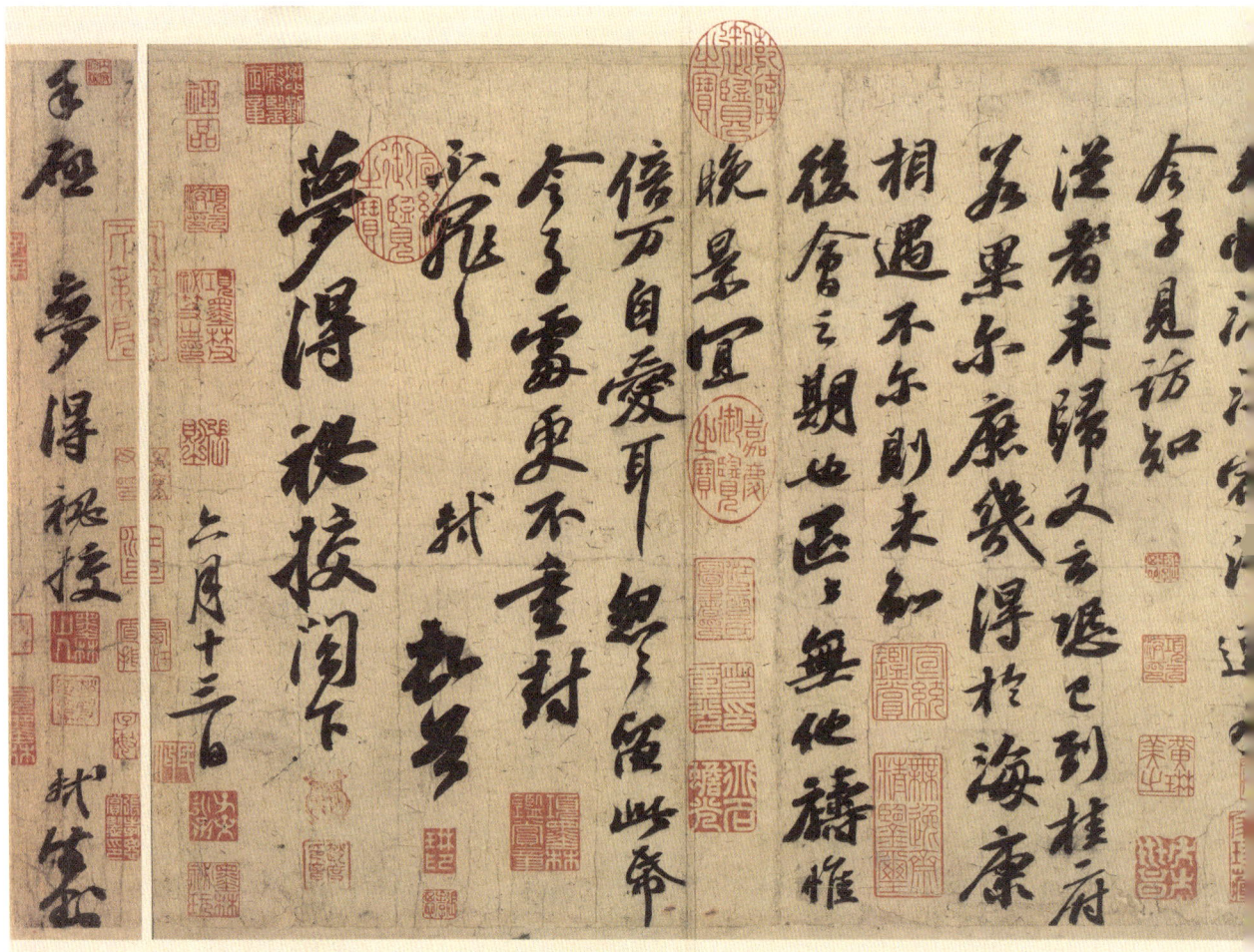

轼将渡海，宿澄迈，承令子见访，知从者未归。又云恐已到桂府。若果尔，庶几得于海康相遇，不尔，则未知后会之期也。区区无他祷，惟晚景宜倍万自爱耳。匆匆留此纸，令子处更不重封。轼顿首。梦得秘校阁下。六月十三日。

梦得秘校 轼笺

宋 苏轼 《渡海帖》　　宋哲宗元符三年（1100）六月书于琼州 台北故宫博物院藏

第十章　此心安处是吾乡

苏东坡脍炙人口的诗词名句不胜枚举，如果非要从中选出一句最有代表性的话，我会在"一蓑烟雨任平生"和"此心安处是吾乡"两者之间做出选择。如果回归内心的观照，"此心安处是吾乡"则当之无愧。说起来，"此心安处是吾乡"并非苏东坡的原创，而是源于其好友王巩（字定国）的侍妾柔奴之口。

　　"此心安处是吾乡"虽源于柔奴之口，却也正是万里归来的东坡先生的内心独白和一生写照！

不系之舟

宋哲宗元符三年（1100），朝廷大赦天下，在苏东坡北归的同时，"苏门四学士"也先后内迁或重获启用。六月二十一日，苏东坡渡过琼州海峡，与秦观重逢于雷州的徐闻。当年"绿鬓朱颜"，而今却"重见两衰翁"，师徒二人——豪放与婉约词派的两位巨星，久别重逢悲欣交集、感慨万端，"无限事，不言中"。"后会不知何处是"，谁料此地一为别，竟是永别。

七月，苏东坡抵达廉州贬所，八月却又责授舒州团练副使、永州（今湖南永州）安置，苏东坡再一次踏上旅途。途中却传来秦观病逝的噩耗，苏东坡悲叹不已："哀哉痛哉，何复可言！当今文人第一流，岂可复得！""少游已矣，虽万人何赎！"

当苏东坡携一家老小奔赴永州之际，十一月又得朝廷诰命：复朝奉郎，提举成都府玉局观，外军州任便居住。所谓"任便居住"，就是说可以自由选择居住的地方。贬谪的日子终于画上了句号，漂泊已久的苏东坡终于可以择一地而终老了。

宋徽宗建中靖国元年（1101）正月，苏东坡翻越大庾岭北归。他伫立于岭上，思绪万千。他想起唐代前贤韩愈曾贬谪潮州却不久北归，而柳宗元贬谪柳州却病逝于兹，自己"七年来往"，幸抑或不幸？"梦里似曾迁海外，醉中不觉到江南"，海外，江南，真耶，梦耶？

一日，苏东坡小憩于岭上村店，有一老翁出而问东坡从者：这位是谁？答曰：苏尚书。老翁曰：是苏子瞻么？答曰：是也。老翁乃上前拱手道：我听说有人千方百计加害东坡先生，今日北归，是上天保佑善人啊。东坡笑而谢之，遂题诗《赠岭上老人》于壁间：

> 鹤骨霜髯心已灰，青松合抱手亲栽。
> 问翁大庾岭头住，曾见南迁几个回。

在苏东坡遇赦北归的同时，弟弟苏辙也从岭南北归，复太中大夫，提举凤翔府上清太平宫，外军州任便居住。苏辙选择了颖昌作为终老之地，并写信给哥哥，希望兄弟二人同居颖昌，能够夜雨对床，安度晚年。

苏东坡在获得"任便居住"的诏命后，也一直在考虑终老之地。常州早已是其心中魂牵梦萦的第二故乡，而若去颖昌能与弟弟夜雨对床也令人神往。

苏东坡在常州和颖昌的选择中徘徊。他曾在信中写道："度岭过赣，归阳羡，或归颖昌，老兄弟相守过此生矣。"而颖昌临近开封，易受翻云覆雨的政治气候的影响。劫后余生的苏东坡已不愿再为政治所左右。正如其北归时写给曾向皇帝呈上《流民图》反对变法的郑侠（字介夫）的诗中所说："一生忧患萃残年，心似惊蚕未易眠。""孤云倦鸟空来往，自要闲飞不作霖。"

苏东坡最终选择了常州作为终老之地。

建中靖国元年（1101）五月，苏东坡抵达润州（今江苏镇江），与好友钱世雄等同游金山寺。金山寺中藏有李公麟多年前所画的东坡画像一幅。苏东坡伫立于画像之前，沉吟

常羡人间琢玉郎，天应乞与点酥娘。自作清歌传皓齿，风起，雪飞炎海变清凉。

万里归来年愈少，微笑，笑时犹带岭梅香。试问岭南应不好，却道，此心安处是吾乡。

——苏轼《定风波·南海归赠王定国侍人寓娘》

南来飞燕北归鸿，偶相逢，惨愁容。绿鬓朱颜，重见两衰翁。别后悠悠君莫问，无限事，不言中。

小槽春酒滴珠红，莫匆匆，满金钟。饮散落花流水、各西东。后会不知何处是？烟浪远，暮云重。

——秦观《江城子》

不语。他抚今追昔，回首平生功业，并非开封的金榜题名、紫微玉堂，亦非杭州的水光山色、诗酒年华，而是黄州、惠州、儋州一个个贬谪之地在人生中熠熠生辉，遂自题一首六言诗云：

心似已灰之木，身如不系之舟。

问汝平生功业，黄州惠州儋州。

自嘉祐年间金榜题名以来，苏东坡四十余年萍踪万里，"心似已灰之木"——已然物我两忘，曾经漂泊四海——"身如不系之舟"。回首平生功业，"黄州惠州儋州"不仅是幽默的自嘲，更是自豪的总结。在黄州、惠州、儋州，其诗词、文章、书法灿烂辉煌，其著述、思想、心境日臻成熟。没有黄州、惠州、儋州，就没有光耀千秋的苏东坡。

七年来往我何堪，又试曹溪一勺甘。
梦里似曾迁海外，醉中不觉到江南。
波生濯足鸣空涧，雾绕征衣滴翠岚。
谁遣山鸡忽惊起，半岩花雨落毵毵。
——苏轼《过岭二首》（其二）

一落泥途迹愈深，尺薪如桂米如金。
长庚到晓空陪月，太岁今年合守心。
相与噉毡持汉节，何妨振履出商音。
孤云倦鸟空来往，自要闲飞不作霖。

一生忧患萃残年，心似惊蚕未易眠。
海上偶来期汗漫，苇间犹得见延缘。
良医自要经三折，老将何妨败两甄。
收取桑榆种梨枣，祝君眉寿似增川。

——苏轼《次韵郑介夫二首》

轼启。江上邂逅，俯仰八年。怀仰世契，感怅不已。厚书且审，起居佳胜。令弟爱子，各想康福。馀以面莫既，人回，怱怱不宣。轼再拜。知县朝奉阁下。四月廿八日。

宋 苏轼 《邂逅帖》　　宋徽宗建中靖国元年（1101）四月二十八日书 台北故宫博物院藏

溘然长逝

常州是苏东坡魂牵梦萦的第二故乡。自宋神宗熙宁四年（1071）通判杭州的路上第一次途经常州，至宋徽宗建中靖国元年（1101）病逝于此，苏东坡与常州生死相依三十年。宋仁宗嘉祐二年（1057），与苏东坡同时金榜题名的有一个常州宜兴人，名为蒋之奇（字颖叔），苏东坡在《次韵蒋颖叔》诗中说"蒋诗记及第时琼林宴坐中所言，且约同卜居阳羡"（阳羡宋时属常州），从此常州在苏东坡心中挥之不去。

熙宁六年（1073）十一月，时任杭州通判的苏东坡奉命往常州、润州一带赈饥。这年除夕之夜，苏东坡宿于常州城外运河之畔，曾写下"多谢残灯不嫌客，孤舟一夜许相依"的诗句，而今仍在常州苏东坡纪念馆的影壁上熠熠生辉。

万里跋涉，舟楫为家，年已六十六岁的苏东坡日渐衰颓。建中靖国元年（1101）五月下旬，苏东坡离开金山寺时，身体已感不适。而后苏东坡与多年未见的老友米芾重逢于真州（今江苏仪征）。二人席地而坐，畅谈终日。进入六月，天气愈加炎热，苏东坡在舟中无法安眠。几日折腾，忽又瘴毒大作，腹泻不止。苏东坡终于病倒了。他自感不久于人世，便强撑病体给弟弟苏辙写信："即死，葬我嵩山下，子为我铭。"

苏东坡遂离开真州，过润州，抵达常州，住进了钱世雄为其租借的孙氏馆（藤花旧馆）。转眼已是七月，苏东坡缠绵病榻，自知不起，遂唤诸子于前曰："吾生无恶，死必不坠。"

此时，苏东坡相识多年的方外好友径山寺长老维琳自杭州赶来探望。七月二十五日，苏东坡手书一纸与维琳曰：

> 某岭海万里不死，而归宿田里，遂有不起之忧，岂非命也夫！然死生亦细故尔，无足道者。维为佛法为众生自重。

二十六日，维琳以偈语问疾，苏东坡次韵作答：

苏子瞻携

紫金研去嘱其子

入棺吾今得之不以

欲传世之物也吾子

与清净圆明本来

妙觉真常之性同

去住哉

宋 米芾 《紫金研帖》 台北故官博物院藏

> 与君皆丙子，各已三万日。
>
> 一日一千偈，电往那容诘。
>
> 大患缘有身，无身则无疾。
>
> 平生笑罗什，神咒真浪出。

二十八日，苏东坡已处于弥留之际。长子苏迈上前询问后事，苏东坡不答，溘然而逝，享年六十六岁。时为建中靖国元年七月二十八日（1101年8月24日）。

苏东坡病逝的消息很快传遍大江南北。"吴越之民，相与哭于市，其君子相吊于家；讣闻四方，无贤愚皆咨嗟出涕。"（苏辙《亡兄子瞻端明墓志铭》）

"苏门六君子"之一李廌的《追荐东坡先生疏》云：

> 端明尚书德尊一代，名满五朝。道大不容，才高为累。惟行能之盖世，致忌媚之为仇。久蹭蹬于禁林，不遇故去；遂飘零于障海，卒老于行。方幸赐环，忽闻亡鉴。识与不识，罔不尽伤；闻所未闻，吾将安仿！皇天后土，知一生忠义之心；名山大川，还千古英灵之气。系斯文之兴废，占吾道之盛衰。兹乃公议之共忧，非独门人之私义。

常州藤花旧馆如今被辟为苏东坡纪念馆，现存有明代的楠木厅，院中有一口古井。中

月明惊鹊未安枝，一棹飘然影自随。
江上秋风无限浪，枕中春梦不多时。
琼林花草闻前语，罨画溪山指后期。
岂敢便为鸡黍约，玉堂金殿要论思。

——苏轼《次韵蒋颖叔》

行歌野哭两堪悲，远火低星渐向微。
病眼不眠非守岁，乡音无伴苦思归。
重衾脚冷知霜重，新沐头轻感发稀。
多谢残灯不嫌客，孤舟一夜许相依。

——苏轼《除夜野宿常州城外二首》（其一）

国古代建筑多为砖木结构，千百年间历经战火，鲜有保存至今者。而深挖于地下的古井，远离尘世纷扰，泉眼无声，源源不绝，见证着千百年来的世事沧桑。仅据笔者寻访东坡遗迹之所见，便有眉山三苏祠苏宅古井、惠州白鹤峰东坡井、儋州坡井村东坡井和常州藤花旧馆东坡井等多处。南宋时，在苏东坡当年"孤舟一夜许相依"的运河之畔修建了舣舟亭。今人在舣舟亭的基础上扩建出东坡公园。

崇宁元年（1102）闰六月，苏东坡被葬于汝州郏城县钓台乡上瑞里（今河南省郏县茨芭镇苏坟村东南）。苏东坡虽未能落叶归根，但其长眠之地左右有两小岭逶迤而下，宛若峨眉，被称为小峨眉山。

万里岷峨，依稀仿佛。而今河南省郏县建有三苏园，远离都市喧嚣。园内有三苏坟，为苏东坡王闰之夫妇、苏辙夫妇与苏洵的衣冠冢（苏洵夫妇与王弗之墓在四川眉山）。

在森森柏树掩映之中，东坡墓、苏洵衣冠冢、苏辙墓一字排开，并非正东正西方向，而是由东北向西南，朝着故乡眉山的方向。

河南郏县苏东坡墓

身后毁誉

苏东坡病逝后的翌年——崇宁元年（1102），发生了一件北宋历史上举足轻重的大事，这便是"元祐党籍碑"的刻立。

元祐党籍碑是北宋新旧党争的象征和总结。元祐党籍碑上刻着元祐年间以司马光（曾任文臣执政官）和苏东坡（曾任待制以上官）为首的三百〇九个元祐党人的姓名。圣旨规定元祐党人及其子孙永世不得为官，皇族子女也不得与元祐党人的后代联姻。

各州县纷纷效仿刻石立碑，元祐党籍碑曾遍布全国各地。

而今元祐党籍碑仅存两块。其中一块在广西桂林市的龙隐岩，为宋宁宗庆元四年（1198）梁律据家藏旧本重刻，碑距地丈余，额有隶书"元祐党籍"四字，久经风雨侵蚀，部分文字已模糊，但尚可辨认。另一块在广西融水苗族自治县，为宋宁宗嘉定四年（1211）沈晔重刻，国家博物馆现藏之拓片即为此碑所拓。

在苏东坡去世后的最初十年间，凡是有其诗文墨迹的碑刻悉数被毁，其著作被禁，其生前官衔皆被褫夺。

然而，正如时人朱弁在其笔记《风月堂诗话》中所记载：

> 崇宁、大观间，海外诗盛行……是时朝廷虽尝禁止，赏钱增至八十万，禁愈严而其传愈多，往往以多相夸。士大夫不能诵坡诗者，便自觉气索，而人或谓之不韵。

几十年后，南宋的皇帝们开始重新评价苏东坡。乾道六年（1170），宋孝宗追谥苏东坡为"文忠公"并赐太师官阶，更为苏东坡写下了迄今评价最高的序赞，这使得苏东坡达到了身后声名和地位的巅峰。

元祐党籍碑拓片

元祐党籍碑亦被称元祐党人碑、元祐奸党碑。崇宁元年（1102），宋徽宗听信蔡京之言，将哲宗元祐、元符年间所谓对王安石变法不满的大臣上百人列为"元祐奸党"，苏轼兄弟位列其中。文臣执政官为文彦博、吕公著、司马光、范纯仁、韩维、苏辙、范纯礼、陆佃等二十二人，待制以上官为苏轼、范祖禹、晁补之、黄庭坚、程颐等四十八人，余官为秦观等三十八人，内臣为张士良等八人，武臣为王献可等四人，共计一百二十八人。宋徽宗亲自书写姓名刻石，竖于端礼门外，被称为"元祐党人碑"。凡碑上所列"党人"，不许子孙留在京师，不许参加科考，永不录用，其名单向全国公布。崇宁二年（1103），元祐党人增至三百〇九人，蔡京书写"党人碑"，并下令将碑立于全国各地。南宋孝宗时期，朝廷令毁元祐党籍碑，对苏轼兄弟恢复名誉。

宋孝宗在《宋赠苏文忠公太师敕文》中写道：

朕承绝学于百圣之后，探微言于六籍之中。将兴起于斯文，爰缅怀于故老。虽仪刑之莫覩，尚简策之可求。揭为儒者之宗，用锡帝师之宠。故礼部尚书、端明殿学士、赠资政殿学士、谥文忠苏轼，养其气以刚大，尊所闻而高明；博观载籍之传，几海涵而地负；远追正始之作，殆玉振而金声；知言自况于孟轲，论事肯卑于陆贽。方嘉祐全盛，尝膺特起之招；至熙宁纷更，乃陈长治之策。叹异人之间出，惊谗口之中伤。放浪岭海，而如在朝廷；斟酌古今，而若幹造化。不可夺者，峣然之节，莫之致者，自然之名。经纶不究于生前，议论常公于身后。人传元祐之学，家有眉山之书。朕三复遗编，久钦高躅。王佐之才可大用，恨不同时。君子之道暗而彰，是以论世。倘九原之可作，庶千载以闻风。惟而英爽之灵，服我衮衣之命。可特赠太师。余如故。

结　语

林语堂在其《苏东坡传》中这样评价苏东坡：

　　苏东坡是乐天知命的智者，是悲天悯人的仁者，是黎民百姓的朋友，是古文大师，是原创画家，是书法大家，是酿酒先驱，是工程专家，是保守派，是修行者，是佛教徒，是士大夫，是大学士，是酒中仙，是父母官，是不合时宜者，是月下徘徊者，是诗词大家，是幽默大师。

法国作家罗曼·罗兰说："世界上只有一种英雄主义，便是注视世界的真面目——并且爱世界。"苏东坡便是这样一个活在人间、热爱生活的英雄，是一个百科全书式的千古风流人物，并以其不朽的诗词文章滋养着一代又一代人的心灵。千百年来，一代又一代人在他的诗词文章中，无数次穿越时空与之相逢。

附录　审刑院本"乌台诗案"（影印版）

据当代学者朱刚考证，审刑院本"乌台诗案"与通行的御史台本相比，略于审讯供状而详于结案判词。根据当时的司法制度，御史台在案中负责"推勘"（或曰"根勘"），也就是调查审讯，勘明事实，其结果呈现为"供状"；接下来由大理寺负责"检法"，即针对苏轼的罪状，找到相应的法律条文，进行判决，其结果便是"判词"；而审刑院则对案件进行复核，其判决意见经由中书门下奏上。"乌台诗案"中，御史台虽加以严厉审讯，但大理寺却做出了免罪的判决。御史台反对这个判决，但审刑院却支持大理寺。在司法程序上，"乌台诗案"最后的结果是苏轼免罪。苏轼贬至黄州，乃是皇帝下旨"特责"。朱刚认为，明刊《重编东坡先生外集》卷八十六为审刑院复核此案后上奏的文本，对于理解此案有独特价值，而此前为人所忽略，故特将全文影印版附于此，以提请读者注意。

重編東坡先生外集卷第八十六

中書門下奏據審刑院狀申御史臺根勘到
部員外郎直史館蘇某爲作詩賦并諸般文字
謗訕朝政案欵狀

祠部員外郎蘇某年四十四歲本貫眉州眉山縣高
祖祐曾祖杲並故不仕祖序累贈職方員外郎父洵
累贈都官員外郎某嘉祐二年及進士第初任河南
府城固主簿未赴任間應中制科受大理評事鳳翔
府簽判罷恩轉大理寺丞磨勘轉殿中丞差判登聞
鼓院試館職除直史館丁父憂服闋差判官誥院祠
部權開封府推官磨勘轉大常傅士通判杭州就移
知密州磨勘轉祠部員外郎就差知河中府未到任
改差知徐州朱涌移湖州元豐二年四月二十一日
到任歷任舉主陝西運使陸詵舉臺閣清要任使提
點兩浙刑獄使向經舉昆端彥舉權任使兩浙提刑潘良翰
京東安撫使向經並舉不次清要安撫使陳薦蘇澥
王居卿運判李察並舉不次清要舉不次擢任使提
舉陛下侍從提點刑李清臣舉不次外擢任使提刑
孔宗翰奏乞召還顯用提刑李孝孫奏乞召還侍從東
撫董廉乞召置禁近運判章粢奏乞召還侍從

重編東坡先生外集卷第八十六

京路提刑孫頎奏乞召還近侍運使鮮於侁奏乞召
還近侍某任鳳翔府日爲中元節不過知府廳罰銅
八斤公罪任杭州通判日爲不繫駁王文敏盜官錢不
圓公案罰銅九斤公罪外別無過犯款招某登科後
來入館多年未甚進權兼朝廷用人多是少年所見
與不同尤撰作詩賦文字譏諷賞顯衆人傳看以某
所言爲當某爲與下項官員相識其人等與某意思
相同即是爲當是爲與朝廷新法時事不合及多是朝廷不
甚進用之人某某所以譏諷文字如右
一與王詵干涉事自熙寧三年某在京差遣以王詵
作駙馬後某去王詵宅與王詵真草寫所作賦并
蓮花經等本人累送茶果酒食與某當年內王詵
又送弓一張箭三十枝包指一簡與某熙寧四年
成都府僧惟簡託其在京求師號某遂將本家收
得盡一軸送與王詵稱是川僧畫覓師號其王詵
允許當年有秘丞柳詢家資千某某爲無錢將古
犀一株與王詵稱是柳秘丞之物欲賣錢三十買
王詵遂送錢三十貫與柳某於王詵處得師號一
道當年有相國寺僧思大師告某於王詵處與小
師覓紫衣一道仍將到吳生畫佛入涅槃一軸與徐

罷畫海棠花木為藥梅菊雀竹各一軸趙昌畫折
枝花一軸董羽水障一床朱蹤武宗元鬼神二
軸其曾與王詵說後將佛人涅槃及花與雀竹等
與王詵說其朱蹤武宗元等自收留於王詵處換得
紫荷一道與思大師當時其將古畫三十六軸各
有唐賢題名託王詵裝背其物料工直及黃碧綃
皂川綾亦是王詵出備當時某通判杭州欲赴任
次王詵送到紙筆茶藥硯墨沙魚皮紫茸氈翠藤
覃等其十一月到任熙寧五年內王詵送到遊孤山
十瓶菓子兩監與其當年并熙寧六年內遊孤山

重編東坡先生外集　卷八十六　三　宋集珍本叢刊

作詩云誤隨弓旌落塵土坐使艷質環呻呼以譏
諷：朝廷新法行後公事鞭箠之多也云又云追賀
伍保罪及筆百日愁嘆一月娛以譏諷　朝廷鹽
法收坐同保妻子移鄉法太急也并戲弟轍詩云
任從飽衆笑方朔肯爲雨立求秦優意言弟輙比
東方朔爲郎以當全進用之人比侏儒俳優也又
云讀書萬卷不讀律致君堯舜知無術是時
廷新與律學其意非之以謂律法不足以致君爲
堯舜也又云勸農冠蓋鬧如雲送老虀鹽甘似蜜
譏新差提舉官所至苛碎生事發摘官吏惟學官

重編東坡先生外集　卷八十六　四　宋集珍本叢刊

無責也又云平生所懸今不耻坐對疲甿更鞭箠
是時多流配犯鹽之人例皆饑貧言鞭箠貧民也
其平生所懸今不耻矣以譏諷鹽法太急也又云
道逢陽虎呼與言心知其非口諾唯是時張靚俞
希且作監司某不喜其人然不敢與之爭議故此
之爲陽虎也又吟山村詩云烟雨濛濛雞犬聲有
生何處不安生但令黃犢無人佩布穀何勞也勸
耕此詩譏朝廷鹽法太禁不便也又云老翁七十
自腰鎌慙愧春山笋蕨甜是閒詔解忘味甌來
三月食無鹽此詩亦譏諷鹽法太暴也又云杖藜
裹飯去忽忽過眼青錢轉手空蔽得兒童語音好
一年強半在城中此譏青苗助役不便也又差開
運鹽河詩云居官不任事蕭散羨長卿胡不歸
去滯留愧淵明鹽事星火急誰能恤農耕此詩譏
諷開運鹽河不當又妨農事也其與上件年分內
寫上件詩與王詵當熙寧六年春某爲嫁外甥問王
詵借錢三百貫文自後未曾歸還熙寧八年春又借
一百貫文　自後未曾歸還熙寧八年內王詵曾送
官酒六瓶及菜蔬等有書簡往復當年并熙寧九
年內其作薄薄酒詩及水調歌頭一首并杞菊賦

一首并引不合云及移守膠西意且一飽而始至
之日齋厨索然不堪其憂以譏諷朝廷新法减削
公使錢太甚厨傳事事皆索然無備也某作超然
臺記云始至之日歲比不登盜賊滿野決獄訟不空
意言連年旱蝗獄訟如此以譏諷新決獄訟公使
錢太甚又於上件年分內節次抄寫上件詩賦寄
與王詵熙寧九年某爲一婢名秋蟾欲剃髮出家
并有相知杭州僧行求祠部一道某爲王詵名許
自後來未曾示及至熙寧十年二月到京王詵送
酒食茶菓至三月初三日送簡帖約出城外四照

重編東坡先生外集　卷八十六　五　宋集珍本叢刊

亭中相見其次日與王詵會合令雲蔡六七人對
酒下食數內有倩奴問某要曲子某便作洞仙歌
喜長春谷一首其之次日王詵送到韓幹馬十二
疋共六軸求其爲跛尾某作歌云王良挾策飛上
天何必俯首服短轅此譏詆政大臣無能如王良
之能御者何必折節干求進用也當月其薦會傳
神僧於王詵差人送羔兒酒四瓶乳糖獅子四枚龍腦面
王詵差人送羔兒酒四瓶乳糖獅子四枚龍腦面
花象梳裙帶錦段之類其菫利部兩道與相知僧
十月內王羣書來云王詵已謀未示及今年八月

二十八日供與王詵所借者錢物并曾寄杞菊賦
超然臺記題韓幹馬詩與王詵因依隱諱不說曾
作開運鹽河詩其於九月二十三日方實招對其
脏假遊孤山戲子由詩山村詩係元崔朝肯降到
詩開運鹽河詩即其有杞菊賦及超然臺記煙韓幹馬
詩冊子內詩即不係朝肯降到冊子內
一與李清臣干涉事熙寧九年某寫超然臺記一本
今送與李清臣其譏諷之意已在王詵項內聲說
熙寧十年某邵知徐州七月內李清臣四祈雨有應
作詩與某某却作詩和李清臣不合言天縱神龍

重編東坡先生外集　卷八十六　六　宋集珍本叢刊

嬾赤日焦九土直湏人所求方肯霈膏雨以諷乾
政大臣不公之意送與李清臣熙寧十年九月內
李清臣差知國史某作詩送與李清臣云付君此去
全書漢載我當時舊過泰某於仁宗朝曾進論佳
古得失賈誼漢文帝時人論泰之過失作過泰論
史記載之某妄以賈誼比意欲李清臣於國史中
載其所進論其在臺干八月二十八日准問目據
其供到與人往還詩有所未盡某供出所與李清
臣卽不係降到冊子內
一與章傳干涉事熙寧六年正月作詩云馬融既依

梁班固亦仕實效聖豈不欲頑質謝鑷鏤此詩引
深與賣憲亞是漢時人因時君不明遂蹀顯位驕
暴竊威福用事而馬融班固二人皆儒者亞依託
之其詆毀大臣執政如與憲其不能效班馬二人
苟容依附也其上件詩係即行冊于內准朝音降
到者
一熙寧八年四月十一日某作詩送劉述云君王有
意誅驕虜趙碎銅山鑄銅虎聯翻三十七將軍走
馬歸來各開府其為是時朝廷遣使諸路點檢軍
器及遣三十七將官其將謂今上有意征討胡虜

重編東坡先生外集　卷八十六　七　宋集珍本叢刊

以譏朝廷及置將官張皇不便又云南山斫木作
車軸東海取龜蹋戰鼓汗流奔駭豈敢後恐乏軍
需汋啼弁保甲連村團未徧方田訟諜紛如再鬧
來手實降新書抶剝根株窮脉縷詔書惻怛信深
厚吏能浅薄空勞苦此譏諷法令屢變事目繁多
吏不能辦又云况復連年苦饑饉利嚙草木吹黃
土今年雨雪頗應時又報蝗蟲趒羽憂來望
強歌醉塵蒲虛齋但空鰥公厨十日不生煙更望
紅裙踏筵舞注云近日齋頭索然可笑言近年饑
荒飛蝗蔽天以譏朝廷行法事多闕失又言酒食

無備公厨索然以譏諷朝廷戕削公使錢太甚公
事既冗旱蝗又甚貳政巨藩尚如此窘迫又云自
從四方冗蓋闟歸作二浙湖山主以譏執政近日
提舉所至苛碎生事可怪故劉述乞宮觀歸湖州
也某在臺於八月二十日准問目仰其具自來作
過是何文字某說曾寄劉述吏部上件右詩因依
即不曾係朝音降到冊于內
一任杭州通判於熙寧五年內其逐旋所作山村詩有
譏諷朝廷巳在王詵項內聲說并留題徑山詩巳
在蘇轍項內聲說及和述古舍人冬月牡丹絕句

重編東坡先生外集　卷八十六　八　宋集珍本叢刊

巳在陳襄項內聲說並接次送與周邠熙寧六年
八月周邠作詩與某其和贈蘇舜翠詩云哺糟方
就醉酒面喚不醒柰何劾蝙蝠欲爭晨瞑某意
以譏王庭老如訓狐不分別是非也元豐元年六
月十三日某知湖州周邠作詩寄某其答云政拙
年年祈水旱民勞處處避嘲訕謳河乔巨野邪容塞
盜入窮山堂易搜事道固應懣怒孔孟頭未可責
求由此詩自言遷徙數州未蒙朝廷擢用老於道
途并所至常遇水旱盜賊數起皆新法之所致以
譏諷常令所失而執政三河方匪不能扶正其戴

仆也其在臺於九月十四日催問目有無未盡事
其供出因依上件詩卽不係朝吉降到冊子内
一熙寧六年八月觀潮爲主上好與利而不知害多
利少詩云吳兒生長狎濤淵月利忘生不自怜東
海若知明主意應教斥鹵變桑田此事知必不可
得者以譏朝廷意與水利之必不可成也八月二十
四日到臺虛稱意明主好殺又二十四日虛稱
鹽法之爲害詩情由逐次隱諱不說實情又元豐
元年二月黄庭堅衛書來其答青今人知子而莫
能用者謝當今進用之人及和詩云嘉穀卧風雨

重编東坡先生外集　卷八十六　九　宋集珍本叢刊

糧莠登我場陳前說方丈玉食慘無光此譏世之
小人勝君子如糧莠之奪嘉穀又云紛紛不加恤
悄悄徒自傷此譏今日進用之人多小人也元豐
二年二月三十日其作文同學士祭文寄之爲黄
庭堅不存故舊之義東坡於九月二十三日催
問目據其供說其間有隱諱未盡蒙者比蒙北京留
守司根檢得與黄庭堅譏諷詩并文同祭文於十
月十三日再奉取問方盡供答
一元豐元年六月主汴寄到曾祖神道碑求某題碑
陰其不合云使其不幸立于衆邪之間安危之際

則公之所爲必將驚世絶俗意謂今時進用之人
爲衆邪又今時新行之法係天下安危故云衆邪
之間安危之際也又不合云紛紛鄙夫公之
像也其在臺于九月三日催間目有所未盡供答
因係不係降到冊子内
一熙寧三年三月劉放通判泰州作詩送云君不見
阮嗣宗片舌如鎖耳如聾譏諷朝廷新法不便不
容人直言不如耳不聞而已不言也熙寧四年十
月内其又作詩寄放云去年送劉郎醉語已驚衆
如今各漂泊筆研誰能弄我命不在天异敦未必

重编東坡先生外集　卷八十六　十　宋集珍本叢刊

中作詩聊道意老大慵譏諷夫子少年時椎辯輕
子貢爾來再傷弓戢翼念前痛廣陵三日語相對
恍如夢況逢賢主人白酒撥春甕竹西已揮手湾
日㟛屢送羹子去安閑吾邦正喧闐此言新法不
便日益不堪也熙寧六年某和劉放詩有眼看時
事幾番新之句以譏近日更立新法事尤多也當
年十二月内劉放作詩答某某和詩不合引賀若
敦以錐刺其子舌以譏時不能容狂直之言某於
八月二十四日催問目仰其述作過文字某供說已
在前項

重编東坡先生外集　卷八十六　十二　宋集珍本叢刊

一熙寧五年十二月作詩與孫覺云君對青山談世
事當須舉白便浮君此時事多不便更不得說
說亦不盡也又次年寄詩云從倚秋原上妻涼晚
照中水流天不熱人遠思何窮問牒知泰過看山
識禹功稻涼初吹蛤柳老牛書蟲荷背風翻白蓮
聰雨退紅追遊懸遲莫覓句效兒童北望茗溪轉
遙令震澤通京魚得尺素好寄紫領翁又云作堤
捍水非吾事閑送茗溪入太湖皆以時勢與昔不
同而水利不便也其在臺於九月內供狀時不合
云上件名無譏諷再蒙勘問其詩係冊子內

熙寧三年三月作詩送錢藻知饒州云老手便嘶
郡南傾厭來明聊紆束陽綬一准滄浪綬東陽佳
山水未到意巳清過家老喜出郭壺漿迎子行
得所願倉恨居者有情吾君方急賢日宴坐還英黃
金招樂毅白璧賜虞卿子不少自鴈高義空嶒嶸
古稱爲郡樂漸恐煩敲楊臨分敢不盡醉語醒還
驚此言青的助後既行不免用鞭箠催促醉中道
此醒後須鵞恐得罪以譏諷朝廷立法不便之故
元豐二年三月內其曾將相識僧行脚色并寫書
與弟懶令送與錢藻弟駙馬景臻求祠部紫衣一

重编東坡先生外集　卷八十六　十二　宋集珍本叢刊

內
道既不識景臻其祠部等亦不曾得其詩係冊子

一熙寧四年五月某有詩寄張方平云無人長者則
何以安子思意以寸思比之至元豐元年九月內
張方平寄詩來某和云人物一衰謝難重尋
清談亦足多感時意殊此詩言晉元帝時人物
衰謝不意復見方平文章才氣以譏諷今時人物衰
謝不意復見方平文章才氣以譏諷今時風俗浮
薄人物衰謝也又云荒村蛔蚤亂廢沼蛙蝠渥遂
欲掩兩耳睎文但憶嚐以荒村廢沼比朝廷新法

屢有更變事多荒廢風俗浮薄學者誕妄蛔蚤蛙
蛔之紛亂故遂掩耳不頒論文也又云願公正王
度祈招戀惜意意欲方平作詩譏諫朝廷關失某
於九月三日准問目有所未盡即不係冊子內
一熙寧八年六月內李常寧寄詩與某某答詩云何
人勸我此間來慈管生衣餒有埃浪蟻濡唇無百
斛蝗蟲撲面巳三回磨刀入谷追窮寇洒涕循城
拾弃骸爲郡鮮歡君勿笑何如塵土走章臺此詩
譏諷減削公使錢太甚及造酒不得過百石致絃
管生衣餒釜生埃及言蝗蟲災暘益戍四巴爭勞

饑饉以見政事闕失皆新法⋯⋯不便之故即不係冊
子内

一元豐元年七月眾從請作福勝院記其祠不可具
述大旨譏諷朝廷新法以來裁削公使裁損當直
公人不許修造至字其崔問目供說即不係冊子
内

一熙寧四年十月内贈劉摯詩云蕢落江湖上遂與
屈子隣又云士方生田里自比渭與莘出試乃大
謬爲狗難重陳此諷生有所不過有若屈原也又
譏諷朝廷執政大臣大謬不可再用上件詩係冊

子内井元豐元年九月十八日寫青苔寺劉摯及次
韻黄魯直詩有譏諷在黄廷堅項内聲說黄廷堅
字并豐元年四月中和僧詩云疲民尚在魚
尾頻散吾未除此言民既疲病朝廷又行
青苗助役如密網之取魚魚安得不困哉皆譏諷
新法不便以致大小之災此詩不係冊子内
熙寧七年五月内錢公輔又譏諷今世之人邪
合譏諷當時朝廷責降公輔又譏諷今世之人邪
正混淆不分九月初三日崔問目係降到冊子内
一熙寧八年郡守而下請其作大悲閣記其辭不可

重編東坡先生外集 卷八十六 十三 宋集珍本叢刊

具述譏諷朝廷更改科場法度不便九月初三日
崔問目供說因低

一熙寧三年中與顏復作文集序譏諷朝廷更改科
場法度此不係降到冊子内

一熙寧六年和陳襄冬日牡丹四絕句云一孕妖紅
翠欲流春光回照雪霜滾化工只欲呈新巧不放
閑花得少休又云當特只道鶴林仙解道秋光放
杜鵑誰信詩能回造化直教霜枌放春妍又云
花時節雨連風獨向霜餘烟煖紅潤池春光私一
物此心未信出天工又云不分春光入小圓故將

詩力變寒暄使君欲見藍關詠更倩韓郎爲染根
此詩皆譏諷執政之人以化工比之也
一熙寧十年五月六日作詩寄與司馬光云先生獨
何事四海望陶冶兒童謠此言四海蒼生望司馬光獨
笑先生年來效瘖啞此言任執政不得其人又譏新法
政陶冶天下以譏見任執政不得其人又譏新法
處處不便九月三日供說不合屢稱無有譏諷再
勘方招不係冊子内
一熙寧三年内送賀鑄詩不合云醉翁門下士雜遝
難爲賢曾子獨超軼孤芳陋群妍首從南方來突

重編東坡先生外集 卷八十六 十四 宋集珍本叢刊

翁兩聯翻翁今自慊悴于去亦宜然賈誼窮遇楚

樂生老思燕邪因江膽炙遂厭天庖擅但苦世論

臨毗耳如蜩蟬安得萬項池養此横海鯤以譏近

來多用刻薄之人議論鄅隘如蟬之鳴不足聽也

又熙寧五年十一月二十三日其曾答曾鞏書言

賦役毛起鹽法峻急民不聊生此譏新法纂碎如

毛之冗及鹽法太密處刑罰下不堪命某到臺

隱諱蒙會到曾鞏狀被本人申送到上件簡帖九

月十七日方招其詩在元降到冊子内

一元豐二年四月二十九日赴湖州謝上表云臣荷

重編東坡先生外集　卷八十六　十五　宋集珍本叢刊

先帝之誤恩擢置三館蒙陛下之過聽付以兩州

陛下知其愚不適時難以追陪新進察其老不生

事或能牧養小民其自謂在館職多年未蒙不次

進用故言荷先帝之誤恩擢置三館蒙陛下之過

聽付以兩州又兄近日朝廷進用之人多與議論

不同故言知其愚不適時難以追陪新進方今

進用之人盡是狥時迎合之輩又云察其老不生

事或能牧養小民以譏方今進用之人多是生事

擾民上件表係元准朝旨坐到事節

一熙寧七年二月二十七日在杭州遊風水洞留題

詩不合言世上小兒誇走意在譏諷世人多務

急進不顧大體當年八月望遊風水洞又云世事

漸艱吾欲去意謂行新法之後世事日益艱難小

人爭進各務謟毀其廢時勢不可以合又不可以

容故欲去官卜隱君之地今年十一月二日本臺

准杭州十月十四日公文抄到上件詩二首於十

一月二日准問目便招

一熙寧六年某和劉恕詩云仁義大捷徑詩書一旅

亭相夸毀若若猶誦麥青青腐鼠何勞嚇高鴻本

自貪頑狂不用喚酒盡漸淳醒此譏諷朝進用之

重編東坡先生外集　卷八十六　十六　宋集珍本叢刊

人以仁義為捷徑以詩書為遊旅又言碧玉鳥未可

辯雌雄以譏當今進用雜亂無分別也其詩係冊

子内

一熙寧五年二月送蔡冠卿知饒州詩云吾觀蔡子

與人遊掀阖笑語無不可平時倜儻不驚俗臨事

迂濶乃過我横前坑穽衆所畏布路金珠誰不羨

過來變化驚何速昔號剛強今亦頗恉君獨守廷

尉法晚歲欲理鄱陽柂英嗟天驥逐羸牛欲試良

玉溪猛火世事徐觀真蒭狗人生不信長坎軻知

君決獄有陰功它日老人瞰纜頗此詩譏諷當今朝

廷進用之人有逆其意者則設坑穽以陷之有順
其意者則以利誘之如以金珠布於道路又譏進
退人不協公議故有天驥贏牛之比也
一熙寧五年中張次山書來請其作本家墨寶堂記
其謂學醫者當知醫書以窮疾之本原無如今之
庸醫誤下藥石以害人之性命此諷朝廷進用之
人多不曉練事喜怒不常其害人甚於醫藥之所
為八月二十四日准問目供說不係冊子內
一熙寧元年杭州錄事參軍杜子方司戶陳珪司理
戚秉道各為承受勘劾香事本路提刑陳睦舉發

重編東坡先生外集　卷八十六　十七　宋集珍本叢刊

差張若濟重勘上件三員官因此衝替某緣此事
作詩送之云秋風厲厲鳴枯荄船關荒凉夜悄悄
正當逐客斷腸時君獨歌呼醉連曉老夫平生齊
得衣尚戀微官失輕矯君今憔悴歸無食五斗未
可秋毫少君言失意能幾時月唉蝦蟇行復咬殺
人無驗中不快此恨終身恐難了狗時所得無幾
何隨千已遭憂患繞期以種粟麥忍饑待食
明年麨此意以朝廷為有司所掌敵也在子方等
本無罪為陳睦張若濟等蒙蔽以致衝替係冊子
內

一元豐元年八月九日作詩與王鞏兼次韻黃魯直
有所譏諷在黃庭堅項內聲說及十月中王鞏書
來請作本宅三槐堂記其諷今時進用之人多少
年元豐二年正月十五日其又撰王鞏之祖素真
贊譏諷常今進用之人只可平居商功利課殿最
而巳又譏諷賞今進用之人多出於貪賤各用郎
陬空多憂勞不為賢也八月二十日供出因係不
保降到冊子內
一熙寧六年答錢顗茶詩云我官於南今幾時嘗蒲藍
溪茶與山芋胞中似記故人面只不能言心自省

重編東坡先生外集　卷八十六　十八　宋集珍本叢刊

為君細說我未暇試評其略差可聽建溪所產雖
不同一一天與君子性森然可愛不可慢骨清肉
腴和且正雪花雨腳何足道啜過如知真味永縱
復苦硬終可錄汲黯少頸寬猛草茶無賴空有
名高者妖邪次顏犢體輕雖復強浮沉性滯偏工
響酸硬其可錄汲黯少頸寬猛茶無賴空有
玉跨冷於其間絕品豈不佳張禹縱賢非骨鯁葵花
開緘磊落收百餅嗅香嚼味本非別透紙目覺光
焗焗批糠圑鳳及小龍奴隸日注臣雙井收藏愛
惜待佳客不敢包暴鑽權幸此詩有味君勿傳空

使時人怨生瘦上件詩皆以譏世之小人乍得權

用不知上下之分妖邪狼劣體輕浮而性滯沉

一熙寧十年二月三日沈鎮守西京其作詩送行云

小人真闇事關退豈公難此譏諷當時所用之人

以小才而當大任關於事理以進爲榮以退爲辱

其詩不係降到冊子內

一熙寧八年五月知密州日作堂堂記云堂堂有位

有號不聞此譏諷官吏不偷放災傷致令悲嘆之

聲盈於上下當位之人何不聽此

一熙寧九年秋在密州作應詔詩不合云聖朝若用

重編東坡先生外集　卷八十六　十九　宋集珍本叢刊

其爲將不減尚父能鷹揚在臺供祿不在冊子內

一熙寧五年十二月因遊山作詩并諸般文字譏諷

之意今年七月二十八日皇甫遵到到湖州句攝至

八月十八日赴御史臺出頭當日准問目方知某

奉聖旨根勘當月二十日又虛稱不曾與人有文字往

朝咏等至二十七日某供狀稱別無譏諷

還委有志記誤供通即非譯避所有罪徳甘伏朝

典

據監察御史裏行何正臣劄子伏見某人表言愚不

不適時難以追陪新進老不生事或能牧養小民海

弈朝廷妄自尊大某人所爲文字譏訕今取其鏤板

進呈奉聖旨送中書及權監察御史舒亶劄子稱某

人譏毀譏切益陛下發錢以助本業則曰贏得兒童

語音好陛下明法課試舉吏則曰讀書萬卷不讀律

陛下與水利則曰東海若知明主意應教斥鹵變桑

田陛下禁鹽則曰豈是聞韶解忘味邇來三月食無

鹽其慣心公爲詆訾奉聖旨送御史臺根勘聞奉惟

御史中丞李定劄子某人非不知禮之訕上有誅而

肆其慣心妄有訕毀御史臺劾奏又海行修貶不

重編東坡先生外集　卷八十六　二十　宋集珍本叢刊

指定刑名今斷杖八十私罪

一到臺累次虛妄不實供通准律別制下問報上不

實徒一年未奉減一等

一詩賦等文字譏諷朝政闕失等到臺被問便因依

招通准勑作匿名文字謗証朝政及中外臣寮徒

二年又准刑統犯罪案問欲舉減罪二等今比附

徒一年

一作詩賦寄王詵等致有鏤板印行諷毀朝政又謗

訕中外臣寮准勑犯罪以官當徒九品以上官當

徒一年准勑館閣貼職許爲一官或以官或以職

临时取旨

其人见任祠部员外郎直史馆并历任太常博士合

近两官勒停犯在熙宁四年九月十日明堂赦七年

十一月二十日南郊赦八年十月十四日赦十年十

一月二十七日南郊赦所犯事在元丰三年十月十

五日德音前准赦青官员犯人入己赃不赦余罪赦

除之其人合该上项赦恩并德音原免释放准

言牒奉敕其人依断特责授检校水部员外郎充黄

州团练副使本州安置

重編東坡先生外集卷之八十六終